新 | 青 | 年

衔蝉物语

林为攀 ◎著

南方出版传媒
花城出版社
中国·广州

图书在版编目（CIP）数据

衔蝉物语 / 林为攀著. -- 广州 : 花城出版社, 2018.7（2021.4重印）
（新青年）
ISBN 978-7-5360-8678-4

Ⅰ. ①衔… Ⅱ. ①林… Ⅲ. ①长篇小说－中国－当代 Ⅳ. ①I247.5

中国版本图书馆CIP数据核字(2018)第130849号

出 版 人：肖延兵
责任编辑：李　谓　安　然
技术编辑：薛伟民　凌春梅
封面设计：视觉传达

书　　名	衔蝉物语 XIAN CHAN WU YU
出版发行	花城出版社 （广州市环市东路水荫路 11 号）
经　　销	全国新华书店
印　　刷	北京一鑫印务有限责任公司 （北京市顺义区北务镇政府西 200 米）
开　　本	880 毫米 × 1230 毫米　32 开
印　　张	7.625　1 插页
字　　数	160,000 字
版　　次	2018 年 7 月第 1 版　2021 年 4 月第 2 次印刷
定　　价	32.00 元

如发现印装质量问题，请直接与印刷厂联系调换。

购书热线：020－37604658　37602954
花城出版社网站：http://www.fcph.com.cn

第一章

01

2017年对过农历六月生日的人来说，是一件值得高兴的事，因为这一年闰六月，即农历六月可过两次生日。

2017年对于一些时间花得过快的人来说，同样值得高兴，因为这一年有十三个月。

贾真真是一个幸运的人，因为她的生日刚好在农历六月，而且时间对她来说，总是不够用。按理说她在2017年这个特殊的年份，应该会过得尤为开心，但事实恰好相反，因为这年的农历六月，她的爱猫死了。

对一个忙碌的现代都市女性而言，没有什么事能大过宠物的离去。这件事打乱了她很多的计划，姑且不说事先安排好的生日庆典被取消，让一些对她的生日宴会期待已久的朋友感到不满，也由于情绪的失控，让她的男朋友一度有离开她的危险。但比起朋友的扫兴和男友的失望，贾真真有更重要的事要做，她一头扎进了领养猫的不归路。

从农历六月到十月，整个夏天贾真真不是时刻留意各大养猫网站，就是走在流浪猫扎堆的城郊。这几个月的付出，非但没能让她找到一只一模一样的猫，还让她无意间疏远了一些本来关心她的朋友。当她走在城市街头，看到枯黄的落叶铺了一地时，还穿着夏天衣服的贾真真才知道入秋了，她抱紧了胳膊，望着地上的枯叶发呆，这时她才明白，就像世上没有两片相同的落叶一样，世上也没有两只相同的猫。

站在街头发呆的贾真真过了很久，才感觉到兜里的手机在震动，这让她像抓住了最后一根救命稻草。但接了电话后，她失望了，并不是那些养猫网站打来的，而是久未联系的父亲打来的。父亲在电话里兴奋地告诉她，他终于领悟了秋的含义。一生都在从事农桑的父亲在先后理解了春夏冬的意义后，终于在这年的秋天完全参透了秋。

"秋字原来可做禾火解，说明秋天是用火烧禾，把晒干的稻草铺在田野里，用火点燃，整片田野迅速恢复成收割之前的金黄，这像不像一次收割了两回粮？"

贾真真没有说话，自从她二十岁来到这座城市后，整整有十年不曾再见过田野，现在她完全和一个城里人没有两样了。此刻她虽然不施粉黛，但浸淫在职场的女白领气质不会再让人误以为她来自乡下，夹着拖鞋的脚趾头还能看出指甲油的痕迹。养猫也是为了尽快融入这座城市，虽然刚开始她对猫的认识还停留在捉老鼠和吃肉上面。后者她一直羞于启齿，而且没花多长时间，她又顺利改变了猫捉老鼠的落后思想。所以当她在公司跟同事聊完购物和美食心得后，会自然地将话题引到猫身上，一点都看不出现在的这个猫奴，在小时候还吃过猫肉。

更不用说还记得田野长什么样了。

"就像你今年一样，可以过两次生日。"父亲笑着说。

就是这句话，又勾起了贾真真的伤心事，她粗暴地挂掉父亲的电话，踉踉跄跄地跑回家，拖鞋将她的脚趾头夹得生疼，她索性脱下拖鞋，换手夹着，一手一只，就像水族馆里那些蛮横的螃蟹一样。赤脚的贾真真跑得飞快，好似恢复了小时候在田野里飞奔的神采，看来这十年的城市生活，还是没能彻底剔除她骨子里的农民本色。不过这对此刻将一只死猫看得比老父亲还重要的贾真真来说，丝毫顾不得许多了。

已经穿上秋天衣服的行人看到这个赤足奔跑在路上的女人，没有一个人会把她和猫联系起来，都以为这又是一个遭受情感困境的可怜女人。贾真真跑得非常忘我，此刻的她离住处足足有二十站的距离——她住在城市的最东边，是这座城市可以最先看到日出的那一拨人，虽然日出经常被雾霾所笼罩，但只要想起自己睡醒后隔着雾霾的日出离自己最近，就能让她比买了大包小包还高兴——平常这段距离需要坐一小时左右的地铁才能到达，但对此刻的贾真真来说，她居然靠一双脚用了四十分钟就到了。在奔跑的过程中，她看到了许多和她之前一样，只有几百米的距离就要打车的女性。

繁华的步行街和购物商场坐落其间，许多时髦的女性进进出出，此刻的贾真真第一次与这些秋季时尚风向标背道而驰。虽然她以为自己和都市白领没有区别了，但从侍猫这件事来看，她和这些人还是有所区别。别人养猫的理由不外乎谈资，只有她真正将猫提高到了同类的高度，她之前一直靠猫来摆脱一个人在城市里打拼的孤寂。

回到家的贾真真来不及喘口气，快速打开电脑，登录养猫网站。浏览了一圈，还是没有一只合适的。她第一次感到人生充满了挫败感，而且这种感觉由于窗外阴沉沉的天变得更加强烈。于是她疯狂地拉开抽屉，将记忆盒中的猫照片悉数倒在地上，然后一张张翻看，从猫的幼年看到老年，就像一个慈母在看着自己孩子的变化。她边看边沉浸在一切有关猫的美好往事中。

这张是第一次给猫洗澡的时候，它当时真小，就像一团肉球，当温水浇在它身上时，它就像一只受惊的小鸟那样发抖，这让她心生怜爱。

这张是猫第一次跳到小区的秋千上，秋千本来是静止不动的，但由于站了一只猫，变得有些摇晃。这只第一次与大地隔绝的猫站在秋千上，看着以它的角度来说可谓深不见底的地面，吓得紧紧用爪子勾住了她。

这张是她第一次给它剪爪子，猫的爪子可伸可缩，她对此非常了解，当猫缩爪踮起脚尖走路时，像极了一个芭蕾舞者，不仅不会发出让猎物察觉的声音，还能快速捕捉猎物。为了顺利剪它的爪子，她利用猫的天性，在它面前放置了许多老鼠的照片，当它看到老鼠后，自然地将猫爪伸出，试图抓到这些老鼠，只见指甲刀一闪，猫还未来得及在照片上留下抓痕，它的爪子就被当场剪断了……

02

十年前，贾真真大学毕业后，没有听从父亲让她回家乡找份工作的建议，而是一个人义无反顾地北上。沿途的风光通过火车窗户映入眼帘，贾真真第一次看到这些异于家乡的自然风光，但那时，由于从小到大最熟悉的就是这些风景，贾真真对这些被别人赞誉有加的风光不屑一顾，即便她的家乡并没有广袤的平原和宽阔的河流。从那个时候开始，贾真真就知道如何看起来与别人不一样。在四年的大学生涯中，与那些和自己有相同农村背景的室友挤在一个宿舍时，她尽量让自己看起来像城里人，就算是县城也好过村里。所以，当每年过完假期的室友从家里带回各种各样的土特产时，只有她轻车简从。

"一起来吃点啊。"室友热情地说。

"不了，我的胃适应不了这些东西。"她摆摆手拒绝了室友的好意。

从那以后，其他三个室友就有意无意和她疏远了。贾真真刚开始并未当一回事，反倒觉得这样一来，就能彻底和她们区分开来。在一些生病的日子里，她才会想起室友的存在，看到其他三个室友相处融洽，有说有笑的样子，病了几天的她只好继续躺在床上装看书，其间好几次想开口让她们帮忙买药，但话到嘴边就是说不出来。她忍得很辛苦，拿出当时还是翻盖的手机，查找通信录里谁能在帮上她的忙的同时，又能很快与其看起来没有关系，就像小时候从地里拔出的带泥的萝卜，经过清水洗濯后很快变得不像从地里出土的，而是像从云朵里孕育生成的一样。

谁才是这根萝卜呢?

最后她的目光锁定了一个男生。这个男生从大一刚入学开始就好像对她有点意思，这点意思现在完全能够成为让他帮她买药的理由，而且也正是因为这点意思，她也大可以问心无愧地在对方帮助她后继续把他当成陌生人。这个男生当时主动走到还没用化妆品、穿着也朴素的贾真真面前，义务帮她将东西搬到宿舍。这副样子贾真真一直想从脑海抹去，她觉得丢人现眼，就像自己最难看的一面被人窥探了一样。不过很快，她就学会了化妆，学会了穿衣打扮，这些精致的妆容和时髦的衣裳很快让她与当初的自己判若两人。

男生临走之前要了她的手机号码，贾真真那时还记不清刚办的号，但又不想将那台老土的手机从兜里掏出来当场念那串数字，于是借口手机没在兜里，让男生将手机号码记在一张纸上，等她找到手机时再拨回去。男生想了想，咧嘴笑了。夜晚贾真真对着那串数字犹豫了很久，不知道该不该拨过去，这只是同学之间常见的寒暄手段已经被她当成了恋爱的导火索。她不知道该点燃还是该掐灭。

"这个男生吧，长得虽然清秀，但自己对他并没有感觉，要是他追求自己怎么办？不过要是不拨过去，于情于理都说不过去，万一以后还有什么事需要他帮忙呢。"所以贾真真最后并不是基于礼貌才拨打对方的电话，而是怕以后还会遇上需要他帮忙的事。

虽然双方互留了手机号码，但大学四年她与他的交集少得可怜，起初这个名为林闯的男生也会通过短信对其嘘寒问暖，但看到她每次回复的短信都是"哦，嗯"外，林闯就没再给她发短信了。他当初的举手之劳换来只有一个字的热情，这在他心里也算赚到了。所以当他临近大学毕业那刻接到对方足足有八个字的短信时，这才让他感到当初的投入已经远大于收益了。

"你能陪我去医院吗？"

　　贾真真打下这行短信着实不易，心里起码想了不下十种可能的后果，最后费了很大的功夫她的病痛才好不容易战胜这些后果。她不仅打字的手在哆嗦，就连脑子都像一团糨糊，而且浑身是汗，室友还以为她是思考过度引发的后遗症。更难的是如何措辞，语气轻松点不行，这会被对方当成约会的预兆，也看不出她求医问药的紧迫程度；语气严肃点也不行，这会被对方误以为她有事求人还一副大爷脾性；语气可怜点更不行，那她辛苦建立起的形象便会瞬间轰然坍塌。

　　本以为对汉字非常了解的她第一次觉得这些字非常陌生，怎么组词造句都跟她想的有所差异。从按键里打出的字，她变得一个都不认识了，这些汉字的发展历程从甲骨文到大篆小篆，再到如今的宋体，已经变得极为简单易懂了，但在贾真真的眼里，却好像又从宋体倒回到了甲骨文，甚至都要考古学家从中帮忙才能辨认书写了。

　　但在另一头的林闯却无法知道贾真真的这些心理活动，即便知道他也不会当一回事。揣摩心思从来不是他擅长的，就像高中时期每次做阅读理解，他只能理解字面意思，无法知道作者的真实意图，即使语文老师无数次说汉字博大精深，不能只看表面，要结合作者的写作背景和上下文来分析，他也只能理解最浅显的意思。他既不是显微镜，能看出事物的本质，也不是猫，一到春天就自动叫春，更不用说只是女同学寻求帮助的简单请求。

　　贾真真艰难打下这行短信后，又经历了另一个更加煎熬的过程。她害怕对方拒绝，更加害怕对方装作没看见。后来当贾真真早已不发短信，而是在社交网络上如鱼得水时，才知道"及时回复"已经成了新时代做人的最高标准。相比于自己发短信时的百折千回，她对对方的要求却是一念之间。所以当她还没将短信发送成功后，就已经在心里祈祷对方打好回复在发送的途中了，只不过她发送过去的短信和他发送过来的短信刚好在途中相撞了，这才耽误了她的接收时间。想到这的贾真真偷偷掩嘴笑了，怪自己想多了。她看了很久，短信还是没有发送成功，以为靠近天花板的上铺信号不好，于是又艰难地爬下床，想到信号最好的窗边重新发送一次。

　　她不想被室友看出来她在发短信，所以就用书本遮住握在手心沁出汗的手机，而且下床的时候也不想表现得过于气虚体弱。当她背对着室友，左脚探到连接上下铺的梯子时，才发现手不够用了，原本的两只手一只拿着一本证明她好学的书本，另一只握着一部证明她也会生病的手机。不过这难不倒她，她眼珠来回只转了半圈，就找到了解决办法，她用嘴叼住手机，利用拿书的左手盖在脸上，遮住手机，然后靠两只脚和一只右手摸黑下床。比起睁眼瞎，手不够用才急人。

　　其他三个室友看着贾真真如此新奇的下床方式，都忘了上去扶她一把。贾真真有惊无险地下到地面后，继续用书盖住脸，然后径直走过这三个目瞪口呆的室友，最后才将书本从脸上拿下，把手机从嘴里掏出来，至此，这三人才先后将自己移位的五官归位。

这三个室友背对着贾真真讨论了一番，最后得出一个颇具哲理的结论：看的书越多真会越接近书。贾真真将手机从嘴里掏出来后，没想到大学四年来吃过的每一顿饭都在她脑海苏醒了，原以为她很快就能将大学四年的印记从脑中抹去，没想到通过沾染在手机上面的纤维素等其他食物余味，让她又一次重温了一遍大学生涯。如果说，第一次这些美食让她食欲大动，那么第二次这些食物给贾真真的就只有干呕和恶心。所以当那三个深谙哲学的室友看到贾真真跑到卫生间呕吐时，又很快得出一个与人类的繁衍发展息息相关的结论：看书看多了也有怀孕的征兆。

贾真真漱完口后，赶紧查看短信发送成功与否。看到短信发送成功后她松了一口气，但她不敢表现得像在等待什么一样。等待两字从来不在贾真真的字典上，不管是等待考试成绩，还是等待别人，前者是她对自己的学习成绩格外自信，在知道具体分数之前，就提前在心里给自己打好了一个分数，而且这个分数一般和实际的分数误差不会超过两分。至于后者，从来只有别人等她，没有她等别人的份。所以她继续装作看书的样子，这次她的眼睛没有离书这么近，而是离着足有二十厘米的距离，就是这二十厘米的距离，第一次让贾真真的眼睛无法与书本对上焦，要知道她的眼睛从来都和书本配合默契，然而这回她的眼睛却一直在躲闪书本，拒绝这些文字的进入，就像书本是一片充满危险的沼泽，她不敢孤身涉险。

03

贾真真望着这些猫的照片，充斥脑海的都是那天带猫去做节育手术时的场景。"节育"两字对她有不同寻常的意义，在她的家乡，她只听过对人施加这种酷刑，从来没听说过一只猫也能得到这种待遇。但在刚开始一切都让她感到新奇的城市，她还会遇到更多让她当时无法完全理解的事。

而且她本人就是这种酷刑之下的幸运儿。这件事要追溯到她的童年时期，与那个记忆中不是在备孕就是在生育的母亲有关。在父母婚后的那五年时光里，母亲有四年的春节都在医院度过，但前三个春节从母亲的大肚子里产下的都是死婴，第四年的春节本来父亲也不再抱什么希望——医生当时对习惯性流产的母亲下了最后通牒：不能再怀孕，否则有性命之虞，但对孩子的渴望让母亲战胜了对死亡的恐惧，经过母亲的强力坚持，贾真真在那个第一次飘雪的南方村庄呱呱坠地。

这件事在村庄只引起了很小范围的讨论，随着那年春节的消逝，人们再也想不起贾家这几年艰难的繁衍岁月。而那时尚在襁褓里的贾真真也要到了大学毕业后才知道关于母亲的这些辛酸往事。小时候唯一让贾真真觉得奇怪的是，别人家都有男丁，为什么她家只有自己这个女娃，她那时不知道，要在这个世界上留下一条生命，其实比剥夺一条生命还困难，杀人时的手起刀落与造人时所受的折磨不可同日而语。在贾真真那四年的大学生活中，她通过一些书本和老师的讲述，无意间知道了在她出生的那个时代，生育就像当时的粮票一样，也需要"凭票入场"，没票的即使怀孕了也会令其堕胎，并为此发生了许多流血又流泪的残酷事件。但贾家比较幸运，因为贾母虽然有四次怀孕的经历，但最终只有贾真真一个存活，当时并不看你怀孕的次数，而是唯结果论。

这件事对贾真真来说是一件幸事，但对贾父来说就不是这么回事了。贾父其实和别的同龄人一样，也有儿子执念，换句话说也崇尚男性生殖器，但他和别人不一样，从未在酒桌上或在牌桌上提起。没有提起不是说他在意妻子的感受，而是害怕影响到贾真真的心智。所以当别人问他为什么不再生一个时，他一般都用"女儿是父亲的前世情人"这句让众人疑惑不解的话搪塞过去。实际的原因是他的妻子当时无法再生育，除非真正去找一个现世情人。

只有女儿的贾父在女儿长大后又遇到了一个更为迫切的问题，即他这辈子无法成为一个爷爷，要解决这个难题唯有招一个上门女婿。所以贾父不仅做老子比别人晚，做老子的老子也比别人晚，真可谓一步落后，步步落后。所以他在女儿读大学期间，一直通过手机密切关注着女儿的一举一动，就怕女儿在大学谈恋爱，最后成为别人家的媳妇。

贾父其他方面都可以顺着贾真真，只有这方面一直没有松口，而且这个决定在女儿大学毕业那天就以极其正式的口吻通知了她，这让当时去医院看病的贾真真病情更加严重了，吓坏了旁边那个手足无措的林闯。

贾真真在大城市找最后一份工作时，面试官问了她一个奇怪的问题：你做梦是说方言还是普通话？这让普通话水平达到一级甲等的贾真真误以为对方在测试她的普通话水平，于是当场用播音腔朗诵了一段自己的简历，朗诵完后告诉对方自己做梦一般都说普通话。面试官看着对方字正腔圆地朗诵那些获奖经历，惊讶得像见到外星人一样。后来，贾真真才知道面试官的用意并不在此，而是为了验证自己与家庭的密切程度，因为这份工作最重要的要求是与小孩打成一片。

贾真真面试的是一份幼教工作。

这个问题的答案可以是方言，也可以是普通话，若是前者就说明其从小家教很好，直到现在还能以方言的形式与家乡产生联系；倘若是后者则说明对方可以用普通话让那些从全国各地定居到这座大城市的父母的后代，完全消除父母家乡的烙印，从而成为一个崭新的都市人。不管是哪种，面试官都会让面试者通过，直到顺利办理入职手续，成为一个新时代合格的幼教。

不过贾真真在这个问题上撒谎了，虽然她的普通话等级很高，但她做梦一直都说方言。这还是无意间从那三个室友嘴里偷听到的。

"昨晚吓死我了，你们听到贾真真说梦话了吗？"室友甲问。

"听到了，敢情也是个乡巴佬啊。"室友乙说。

"谁说不是呢，这个方言好像是南方山区的，我特意上网查了一下。"室友丙说。

后面的话贾真真不敢再听下去了，她没想到自己辛苦伪装起来的城里人形象居然被梦境揭穿了，她感到无地自容，不过好在毕业季即将到来，不用多久，她就可以远离这些侵犯她梦境的刽子手。不过这回，贾真真却不怕这个面试官入侵自己睡梦，从而揭穿自己的谎言，不，她不会再犯这种错误。她的底气是一个人住。

可以说，她低估了在城市一个人住的难度。在城里一个人住就意味着无人分担房租、水电费及网费，这让当时到手月薪不到三千的贾真真感到焦头烂额，而且她还没算上每天往返的地铁票，不过幸好当时地铁票还未上涨，不管几站地，一律二元，统统二元，当地铁费的涨幅快赶上房价上涨的速度后，贾真真已经不在意这些小头了，因为她已经习惯了每周购物打车。

面试官的这个问题让她回到了童年，回到了第一次开口说话的时候。人自出生以来，第一次开口说话总要比第一次下地行走重要，因为说话才能代表你是一个人，而不是别的什么，至于行走，很多动物都能胜任，甚至完成得比人类更好。但这个对人类最最基本的要求却在孩提时代会遇到数不清的困难，如果刚开始无法解决开口说话的问题，就会在以后造成无法挽回的损失，比如口吃。而贾父恰恰是具有轻微口吃的人，所以他对如何让女儿说一口流利的话着实费了很大一番功夫。

贾父很明白，模仿是儿童的天性，模仿说话，模仿走路，如果是个完美的模仿对象，那么模仿者就会事半功倍，反之亦然。所以贾父在女儿学会说话的那段时间，能不说话尽量不说话，实在要说话时，也尽量用一个字表达，比如"哦，嗯"。因此贾真真和别的小孩不一样，第一次说出的话不是爸爸或妈妈，而是"哦"和"嗯"。可以说，这两个简单的字一开始替代了爸爸妈妈这四个字，只有上了小学，贾真真才会知道这两个字与其说是表示欢迎的亲热，不如说是拒人于千里之外的冷漠。

不过虽然聪明的贾真真很快就学会了说大段大段的话，但有时候还是会下意识地吐露出这两个字，这两个字就像她最真实的梦境一样，总会戳穿她白天穿上的伪装衣。当她带着猫去做节育手术的时候，就又一次暴露了自己的这种本性。触发她带猫去结扎的缘由是她夜里做的一场梦，这场梦如果用弗洛伊德的理论来分析，即她害怕屋子再多出除她和猫之外的第三者，因为当时只有一个人住的地方除了地下室，找不到其他更好的住处。即便地下室潮湿又吵闹，经常在半夜还有一些上夜班的中年妇女洗洗涮涮的声音，但因为四面墙能有效阻止别人窥探自己的隐私，所以贾真真还是在那间地下室住了将近两年。

现在早已从地下室搬到地上的贾真真不会知道，后来人即使想住地下室也没有机会了，因为城市经过一轮又一轮的检查，已经拆除了所有的地下居住空间，所以当贾真真面对新一批的面试者时，第一个建议就是让他们先去地下室凑合凑合。她忘了能让她当初随便凑合的条件，已经成为历史，说不定过段时间只能买票进入博物馆才能有幸看到。

贾真真那天夜里梦到了一大群会说她家乡方言的猫，这些猫与她养的那只年龄相仿，体格也差不多，更为重要的是，毛色也一样，也就是说，梦里的那些猫是现实的那只分裂出来的，就像无限繁殖的癌细胞，又像与镜子交媾出来的。要说这方面，人类确实比不上这两样东西，多少人类铆足了劲想生育一个一模一样的自己，但结果经常适得其反，不是生出的畸形儿，就是诞下一些智力有缺陷的。就算人工智能也无法完全排除人工智障的可能，更何况吃五谷杂粮的人类。但对那晚的贾真真来说，梦里出现的那些猫反倒是与她养的那只太过相像了，所以她从梦中惊醒过来做的第一件事就是上网查找哪里可以将猫结扎。虽然还未天亮，但外面已经热闹开了，那些上夜班的中年妇女洗漱完毕后，看时间还有富余，就搬起凳子坐在走廊上嗑瓜子、聊天，将多出来的时间通过上下嘴唇的翻动花完。即使最后花过头了也不怕，因为夜里顺畅的交通又可以将时间赚回一点。

04

贾真真透过寝室的窗户，看到了大学四年一直无暇游玩的广场。在此之前，她的目光一直试图定焦书本，当书本在这个毕业季注定要与其分道扬镳后，贾真真才将视线通过看书看累了需要远眺的巧妙方式放在了广场。

广场这四年来，并不由于贾真真的忽视，就少了作为一座广场的作用。和全国所有的广场一样，这座在校外的广场中心也有一个大型喷泉，并在每次贾真真去澡堂洗澡洗一半突然断水时，照旧喷得哪都是。直到这天贾真真看到这个喷泉时，才明白为什么在每个断水的傍晚，许多师生都蓬头垢面走出校外，回来时却一副神清气爽的模样，原来他们通过喷泉喷洒出来的水解决了洗澡这个老大难的问题。可以说，这座广场不仅提供了情侣们最佳的约会场地，也顺便解决了约会完后一些必备的清洁工作。因此这座广场受到了当时手头并不宽裕暂时并不了房的男男女女的极大欢迎，并在侧面证明了某些学生的理论：大学的妙处一般都在校外。

当贾真真终于理解大学的妙处都在校外时，她已经没有时间体会这种妙处了。她只能站在寝室的窗户边看着在广场上分手的情侣们，这些情侣面对着这个四年来负责他们卫生工作的喷泉，就像面对着月老，神情在充满严肃的同时也不乏一些深情，不过这种深情已然不是荷尔蒙在起作用，而是内心深处的惭愧以及无法给对方一个光明的未来所导致的。他们必须在这里斩断情丝，否则在以后的岁月里一定会有或多或少的遗憾。所以，看着这些相拥而泣的情侣，贾真真当时的反应是原来在大学里也能有如此坚实又令人动容的友谊，丝毫不知道她所看见的并不是友谊，而是一到毕业就自然劳燕分飞的脆弱爱情。

她还记得当林闯在四年前约她去广场见面时的情景，那个时候她刚把自己的手机号码通过短信的方式告知对方，几天后就不出意料地收到了对方热情洋溢的邀约。当她还连室友的名字都叫不上来时，林闯却已经知道了这处约会圣地，不过贾真真当时虽然有所察觉，但心思并未往这处想，当林闯在黑夜眨着发光的眼睛深情望着她时，她才明白坏事了。也是在那刻，贾真真首次体会到了心脏跳出胸腔的紧迫感，后来已经自由驰骋职场的她无数次回味这次心跳时，着实痛恨当时小题大做的自己。林闯只是看着她，还未有所行动，贾真真的巴掌就不由分说扇了过去，这巴掌同样让林闯心跳加速。就这样，两个由于不同因素心跳加速的男女，在喷泉下开始了长久的静默，最后是林闯打破了僵局，他二话不说就投入了夜幕的怀抱，旋即在贾真真眼前消失无踪。只身一人的贾真真站在喷泉下，感觉到了一丝寒意，她透过朦胧的月光打量了广场一圈，此刻的广场已经恢复了孤寂。就是这个举动让贾真真后来不再去到广场，因为别人只是看到了广场热闹的一面，而她第一次就知道了广场最真实的一面，因为后者才能彻底认清一件事物，包括人。

这简单的浮光掠影，此后成了贾真真极为珍视的记忆，这个记忆被她藏在大脑的最深处，一般不会轻易翻出来查看，只有到了每一个该检视自己的夜晚，才会偶尔晾晒在月光下，然后静静地看着这一幕场景通过尘埃的方式在月光下闪闪发光。夜里的广场除她之外空无一人，瘦小又老土的她站在这个巨大的怪兽身上，试图用眼睛丈量这头怪兽的体积，当她绕着广场心惊胆战地走了一圈后，她终于摸清了它的各个部位，然后她一屁股坐在石凳上，石凳像刀一般冰冷，让她的心不由地凉了半截，但她没有当即站起来，她知道一块石头的冰冷好过一块石头的滚烫，因为后者常常会让屁股生疮。这个认识后来被她运用在了坐地铁上，当好不容易盼来一个座位时，她总要等别人在座位上留下的屁股温度尽量散去后，才会试探性地坐下去，这样斯文又麻烦的挤地铁方式显然无法适应节奏过快的大都市，所以好多次都被别人抢占先机，后来她就学乖了，每次坐下之前，迅速在座位上垫一本书，然后才放心地把自己的屁股挤下去。

黑夜让她只能感受广场的温度，无法让她看清广场的模样，好在不远处一间小诊所亮起的招牌灯，让她可以稍微看清广场具体长什么样。这间小诊所就是四年后她让林闯陪她去看病的那家，她不想在校内就医，因为她当时的种种症状都会让别人往别的方面想，就连林闯看到她那种样子时，都以为这四年来一直对他爱理不理的女同学，原来已经与别人有了鱼水之欢，并怀上了不知是爱情还是狂欢的结晶。贾真真一看到林闯的反应，就知道这个混蛋想歪了，要不是当时气虚体弱，说不定又会扇他一巴掌。当林闯发现对方只是痛经引发的发烧后，终于咧嘴笑了，并完全赞同对方去校外看病的建议。

这座广场和全国所有的广场一样，都用塑造名人雕像的方式证明自己的文化底蕴，虽然很多时候往往削足适履，并为此引发了几座城市之间无休止的名人抢夺大战。在贾真真看来，这些名人着实可怜，非但生前没有得到这些城市丁点儿好处，死后还被其利用，为其招商引资，或吸引游客背书。

贾真真从石凳上站起来，从兜里掏出手机，利用手机屏幕发出的微弱之光，照亮这些已经成为雕像的各个名人，她先从一个诗人入手，只见这个诗人被塑造得气宇轩昂，尤其坚毅的眼神，看上去好像并不排斥被这座城市用来吸引一些并不了解自己的观光客一样。贾真真虽然是个大学生，但对这个诗人其实了解也有限，唯一知道的是，对方的几首诗曾经在高中课本里出现，于是贾真真不顾流量，当场用手机打开这个诗人的网页，并对照着原料不知道是石头还是水泥的诗人当场阅读起来，清脆的阅读声很快响彻在这个冷清的广场。当贾真真阅读完毕再次看这尊雕像时，不知道是雾气的原因，还是感动的原因，只见诗人的眼角流出了泪水，这几滴泪水掉落在地上时，在地面上溅起了石块入水般的涟漪。

第二尊雕像是一个皇帝，这个皇帝与诗人毫无瓜葛，甚至都不是同一个朝代，但这个问题都可以通过一座广场，几块石料就能解决，皇帝身穿的黄袍只有石头的颜色，并没有其他颜色，当贾真真打开对方的网页后，才知道这个皇帝其实也是一个诗人，或者说一个本来想当诗人的最后却阴差阳错成了一名皇帝，悲剧的起源通常都是干了自己并不擅长的职业。贾真真在阅读这位皇帝的生平事迹时，发现相比于前一位诗人，这名皇帝的身世才更遭人同情。同情他并不是说他写诗写丢了江山，而是同情一个锦衣玉食的帝王，心思也能如此细腻，这无形中激发了贾真真的斗志，她虽然是个乡下人，但她相信凭她的聪明才智很快能让她摆脱这个身份。可以说，所谓的辩证法在那个夜里在贾真真身上得到了一个全新的理解和运用。

于是她没继续往下看，既然她已经提前知道了自己的心声，那么她就不会再浪费时间。此时的天已经蒙蒙亮了，广场上突然多出了许多小贩。这些小贩总要赶在游人到来之前，占一个售卖玩具或风筝的最佳摊位，然后坐等游客的到来，有点像新时期守株待兔的意思。当游客三三两两到来后，贾真真却要离开了。一个女生出现在冷清的广场总会遭人非议，她要在这种非议出现之前便将其掐灭在摇篮里。

　　此刻站在窗边的贾真真回想这一切时，忘记了在等待中的那件事，林闯还未回复，不过她已经不介意了——这种释怀一般经由回忆的加持，在当下产生安神静气的效用，如果对方还在为四年前的那巴掌对自己耿耿于怀，那她正好可以借助这次看病的机会，再独自一人把广场近距离好好瞧上一瞧。

第二章

05

贾真真第一次在夜里走出地下室，往常她都是在早晨六七点离开地下室，坐上一辆开往地铁站的公交，然后再坐数站的地铁，才会到达公司。虽然两者的站次并不多，但由于人数太多和换乘太麻烦，她在上班之初总会迟到，这让她第一次明白，时间在每个地方的流逝都有所不同，在城市的时间比在乡下的时间过得快。

这个法则在金钱方面也同样适用。

看着本来富余的时间被交通工具挤占过多，从而让自己一次又一次由于迟到被扣工资，她就生出了买车的打算。但买车在这座城市谈何容易，价钱倒还好说，摇号就够她喝一壶的，所以，在这个世界上，人类不仅生育要有生育资格证，开车也要有车牌号，如果没有，生出的就是黑户，开的就是黑车。这从0到9的几个阿拉伯数字，并不像看上去的这么简单，实际上是一个人在这个世界可以自由行走的通行证。

不过即便如此，贾真真还是有办法克服，对她来说洗漱和上厕所才是最为棘手的事情。地下室没有独立的卫生间，每天早上醒来后，眼睛都还来不及揉，腰肢也还来不及伸就要以赶公交车的速度跑到公共卫生间，然后以最快的速度抢占一个水龙头，三下五除二洗漱完毕后，再转身向后，依次敲敲每一间厕所的门，敲到没人的，就像捡到宝似的，开心地钻进去，裤子还未褪下，外面又有人敲门了。一旦别人敲门，贾真真的便意就会被惊吓回去，导致便秘，如厕一困难，占用厕所的时间又会过多，外面的人就越急躁，这几乎成了一个死结，所以后来贾真真才会每次都带着宿便去公司卫生间解决，但这样一来，本来就迟到的她，上班时间就又更少了，所以她挨训的次数也在不断增加。

只有在每次洗漱的时候，贾真真才会知道这个看起来没多大的地下室，居然住了这么多人。有时候她明明占了一个水龙头，但总会被越来越多的人挤到旁边去，导致手短的她接不到水龙头的水，只好用那张泛满泡沫的嘴叫别人让让。其他也赶时间的人本来想让，但看到对方喷了自己一脸泡沫，就有些生气了，非但不让，还一直借故杵在那，一步也不挪。瘦小的贾真真胳膊拧不过大腿，索性不接水了，而是带好洗漱用品回到房间，用矿泉水漱口，漱完后发现没地方吐，于是又含着一口带有牙膏味的水回到水龙头边，然后以示威的样子在这个不识相的人面前当场吐掉。

　　房东也意识到了这个问题，但由于这个问题刚开始对房东的生活影响不大，所以他一直没有着手解决。不过当抢着洗漱和上厕所的住户打扰到了他的好梦后，他才意识到是时候解决这个问题了。他解决这个问题的方式很简单，也出乎很多人的意料，他并不是在地下室再造几间厕所，因为这会增加成本，而且没有取得上面的许可，属于违建，一旦发现要缴巨额罚金不说，多出来的厕所还会被榔头铁棍拆除。

　　房东是在一天逛古玩市场找到这个解决办法的。这个办法的找到不仅让他顺利解决了上厕所难的问题，还能给他增加额外收入。古玩市场说是卖古董字画的，其实那些古董字画都是聪明的现代人复制临摹的，但由于工艺水平极其高超，所以很多时候确实能让外行将其当作真正的古人玩意儿。这其实是一件好事，因为古董毕竟属于稀缺物品，如果能用复制的方式让尽量多的人也能买到这些充满历史厚重感和文化气息的古玩字画，也不失为一件好事，就像动物园里的那些珍稀动物一样，本来数量就有限，看的人又多，如何能让全国乃至全世界的人都能亲眼看到呢？最好的方式就是用别的动物代替，比如老虎可以用猫代替，孔雀用家鸡替代。

当然有的人就会说了："你这是造假。"

"这好办，给猫画上几笔就像虎了，给鸡涂抹颜色也像孔雀了。"公园管理员说。

这样一来，质疑者就闭嘴了。其他将猫当成虎，把鸡当成孔雀的人自然会心满意足地回去跟亲朋好友吹嘘，他在大城市看到的老虎是如何凶猛，他在大城市看到的孔雀是如何漂亮。聪明的房东望着古玩市场上琳琅满目的文物，心潮澎湃，因为这时他作为一个中国人的自豪才真正生出来，用一句文辞就是油然而生。这些文物充分证明了中国历史的博大精深和巧夺天工，看看这造型，瞧瞧这运笔，足足比西方领先了数千年。这些话是他在电视上看来的，但在此刻想起来也丝毫不突兀，而且相得益彰，再也没有比这还正逢其时的事了。

他背着手津津有味地欣赏着这些来自各朝各代的古玩，就像人越老越有分量一样，这些古董也越老越吃香，虽然很多时候现代人并不确定它们的具体岁数，但只要把时间往远了说，往长了吹，总没有错。所以房东面对着这些老古董时，像真正面对一个年高德劭的老者一样，那副样子恨不得对方能直接在其体内输入一些人生感悟。按房东那时候的说法是，他在当时真的陶冶了情操，拓展了视野，这为他接下来的租房事业提供了方向和增强了信心。而且他还再三保证，一定会为了伟大的祖先，让住在他地下室的这些后人住好吃好喝好睡好。当他说出这些话的时候，他已经将古玩市场上所有的夜壶都拉上了车。

他准备向那些住户兜售夜壶，以便解决上厕所难的问题。这可不是为了私心，完全是出于让他们吃好喝好睡好的宗旨。所以当他面对所有住户推销这些夜壶之时，并没有把自己当成一个房东，而是当成了一个向他们传播知识的文化使者。这些住户在半夜被房东叫醒，本来生了一肚子怨气，听到房东这番话后，个个像打了鸡血一样兴奋。当然，以他们当下的文化水平，还不足以理解房东的神圣使命，吸引他们的只有一点，即起夜再也不用大老远跑到厕所了，而是能直接从床底下掏出夜壶，当即将那话儿掏出来，撒个尽兴。众所周知，住在地下室的人一到冬天最烦半夜上厕所，走廊的寒风会让他们冻得发抖，回到床上即使再盖几条被子也于事无补。所以在他们看来，房东并不是在传播什么文化，而是给人类盗来火种的普罗米修斯。从他们这个想法就可以知道他们的文化水平确实不高，不知道文化的传播必须先要有火种。

火种才是文化的头儿。

房东对住户的这些反应一点都不惊奇，换句话说他早预料到了。很多时候，要推销一个东西，必须赋予这个东西一定的文化气息，否则就跟暴发户没有区别。而买的人也能因为有了这种文化气息，才会觉得物超所值，从而油然而生出一种不可言说的满足感。大家争先恐后的盛况差点让房东无法招架，只有贾真真冷眼旁观这一切。当这些人都像抢了个宝贝似的对房东感恩戴德时，贾真真前来拆台了：

"你应该把夜壶免费送给我们。"

"为什么？"房东睁大了眼睛。

"因为夜壶代替了厕所，而厕所费本来包含在了房租里。"贾真真说。

大家一听，都觉得有道理，已经掏完钱的在后悔了，准备掏钱的及时将钱塞回了口袋。看来不管什么文化，一遇到金钱，统统作废。房东的脸色变得很难看，他没想到自己苦心包装的夜壶被一个小丫头片子一句话就给戳穿了。房东本来还想故技重施，再用一番用文化包装的甜言蜜语让他们乖乖将钱掏出来，但这层窗户纸一经贾真真戳穿，就再也无法补回去了。

所以最后房东退让了，同意免费送夜壶给各位亲爱的住户。但对那些掏完钱的就算了，因为在他的字典里，钱掏出来了就没有再往回拿的道理，实在不行，可以抵掉下个月部分房租。

那些没花钱就白赚了一个夜壶的人赶紧杀回房间试货，为了让那些掏钱的人看看免费的夜壶是如何好使，他们试夜壶的时候不仅没有关紧门，而且还发出一些会让人误会的叫声。但没过多久，从这些门缝里发出的声音就变味了，变成了痛苦的嚎叫。另外一些还没来得及试货的人赶紧推门查看，这一看就让他们笑破了肚皮，原来那些人的命根子卡在夜壶口拔不出来了。因为男人的那话儿尿前尿后粗细不一样，尿之前细如筷子，尿完后粗如铁棒，这种粗细的变化在正常上厕所时没什么问题，但一旦遇到与那话儿细时一般大小的夜壶口时，问题就严重了。

06

对那时刚毕业的林闯来说，爱情很多时候就像两个汉字，凹和凸。这两个字充分表明了他蹩脚的理解能力，他只能看出这两个字的字面意思，很多时候丝毫理解不了这两个字的其他深意，比如爱情除了要在身体上凹凸一致，在精神方面也得凹凸一致，否则就像在穿一双挤脚的鞋，被伤害也就在所难免了。这从某一个方面也可以看出他与贾真真背道而驰的理念。对贾真真来说，相比肉体上的一致，精神上的契合才更为重要。当贾真真打算一个人去校外看医生时，她才彻底明白自己与林闯绝非同路人。

于是，她去厕所换了一身衣服，这件衣服是她用以毕业后面试时穿的。她要用这身正装让喜欢背后说闲话的三个室友闭嘴，没有谁能想到穿这身衣服不是去面试，而是去看病，这也是贾真真的聪明之处。

三个室友真的当真了，表情有些无所适从，贾真真的余光瞥见她们的反应时，知道自己的计策奏效了。她们真的误以为她已经拿到某家公司的offer。她们平时的成绩比贾真真好，也更受老师的欢迎，没有理由她会先她们一步登上成功之门。

不知道从什么时候开始，很多公司的职位都喜欢用英文缩写来表示，GM是总经理，CAO是艺术总监，CCO是内容总监，HR是人事部门。所以当贾真真亲口告诉她们她真的已经收到HR的offer时，这三个室友赶紧各自打开自己的电脑，看看海投的简历有没有回复，当发现没有任何回复时，她们顿时心如死灰，然后看着贾真真颐指气使地从自己身边过去。

当贾真真走后，这三个室友立即修改简历，但这大学四年来，她们除了中上水平的学习成绩，并无其他值得大书特书的经历，所以最后她们只好把目光放回到上幼儿园时，从记忆深处捞出了几朵当时得到的小红花，然后忙不迭地补充在简历上。相比没有得到任何奖项的贾真真，她们的这几朵小红花一定会让她们后来者居上。

贾真真那天成了校园里第一个穿正装的女生，很多人都将目光放到了她身上，贾真真平时虽然有些害羞，但此时却对这些目光来者不拒。有了这身衣服，她好像已经不是以前的自己了，而是提前成了一个涂着口红，穿着高跟鞋的女白领。此时唯一让她感到有点遗憾的是，脚上穿的还是普通的鞋，这个失误让她很不自在，好像成了一道伤疤，渐渐在她心里裂开了。好在旁边有几块砖，于是贾真真走过去将鞋子藏在砖后，然后才又一次恢复自信，大胆地接受旁人的目光。

在这些旁观贾真真的人中有一个是林闯，以他当时的角度来看，贾真真确实病了，而且病得不轻，只见她走一步停一步，然后站在那几块砖前由于痛得无法再行走，两只脚都在哆嗦。至于贾真真穿的那身衣服，更是让林闯别扭极了，该怎么说呢，就像一个小孩在穿大人的衣服，多出来的袖角和过高的衣领把她那双本来好看的手和细长的脖颈都盖住了，也就是说这身衣服非但没给贾真真加分，还让她更加泯然众人。

于是林闯跑过去脱下自己的外套不由分说盖在贾真真身上。贾真真对这个破坏她形象的林闯一直到很久都无法完全释怀，按贾真真的话说，她这只孔雀当时被林闯剪去了最为漂亮的羽毛。由于有旁人在场，贾真真并未发作，而是对其耳语道："滚。"这同样是一个表示拒人于千里之外的单字，林闯不知道自己哪做错了，委屈得眼眶泛红，而后一步三回头地看着贾真真，就怕她病倒在地。

林闯走到半道收到了贾真真发来的短信："你别走太快，我在后面跟。"林闯刚开始不知道这句话什么意思，琢磨了半天才一拍脑门，原来贾真真是想用这种方式与他保持距离，然后在校门外会合，最后到广场旁边的那家小诊所。林闯哭笑不得，只好照办，但又怕自己走得过快让对方跟不上，所以每走一步，他就往后看一眼。这让贾真真极为不满，连续发了数条短信命令他只管往前走，别回头。这一幕让林闯想起《圣经》中的罗得之妻由于不听天使劝阻，回头看变成了盐柱的故事。

为了避免自己也变成盐柱，林闯只好不再回头，虽然无法回头看到贾真真的状况，但他能通过前面走来的人的表情知道贾真真还在后头跟着，没有走丢。通过别人的表情，林闯得出了一个同样的结论，那就是贾真真不该大费周章穿那身衣服，本来是一件不能为外人道的看病之旅，现在反倒穿了那身衣服，被更多的人发现了。好几次林闯都想让对方回去换一身衣服再来。快到校门口的时候，贾真真突然加速，跑到了林闯面前，然后拦住他，看了一眼手表生气地说："你迟到了两分钟。"

林闯当时真想掉头就走，他可不想再伺候这个怪脾气的大小姐。贾真真还在不依不饶，质问他为什么不回短信，林闯不明白自己已经用行动践约了，为什么还是及不上口头之诺，难道现在的人更喜欢只说不做？林闯想是这样想，但他不敢说出口，因为有时候语言的威力真的比行动的威力大。

贾真真看他不说话，话更多了，甚至一路上都在历数他的不是，拜托，加上这次他跟她总共才近距离接触两次，为什么能够大义凛然地把其他男人身上的臭毛病安在他的头上。虽然林闯想不通，但也知道有时候跟一个女人是没有道理可讲的，于是他只好全程闭嘴。

现在轮到林闯跟在贾真真身后，看到贾真真像电影里身穿和服的日本女人那样走路，林闯掩嘴大笑，不过他的笑声同样不敢被她听见。他在背后边看边在脑海里为她量身打造了一个绝妙的穿衣计划，如果她能穿上一身合适的衣服，其实还是有几分姿色的。林闯的想象力在这个时候派上了用场，借由穿衣这件小事一下子想到了如何安排她的衣食住行，甚至在脑海里想象要是跟她能生一个娃，也不是那么难以接受，只要她能听自己的。想到这，他的思绪被广场上的游人打断了，他看到广场上许多人在放风筝，这些风筝在这个秋天一派怡然自得的样子让他羡慕，他很想跑到广场上，接过那些小屁孩手中的风筝线，让风筝飞得更高更好。但这样一来，他又会在无形中失去这些风筝，因为放飞风筝的关键是在目所能及的同时，又能让风筝看起来飞得很高，这可不是一件简单的事，即便风筝能手也很难达到这种水平。所以他很快就不去想放风筝的事，眼看就快到小诊所门口了，不知道为什么，他这个陪病人看病的路人甲却比主角还紧张。

小诊所门口有许多在校生，这些学生不用说一定是来看一些难以启齿的妇科病的，有些甚至还准备剥夺肚里那个还未成型或者已经成型的胎儿。医学上说还未出生的胎儿不算一条生命，所以剥夺它们的面世机会并不算犯罪，这也是为什么许多大学生能在怀孕和堕胎之间乐此不疲的重要原因。

贾真真俨然也想到了这茬，她现在有些后悔来看病了，因为相比于这些已经品尝过禁果的人来说，她还不谙世事，但却要和这些人一样接受那些不怀好意的目光。此刻她的衣服显然无法再起到伪装的作用，充其量只是篡改了自己学生的身份，让别人误以为她已是个上班族。这个念头在她十年后去节育猫的那个夜晚再次生出，不过对十年后的她来说，她对男女之事有了更为透彻的了解，她当时看着宠物医生给她的猫节育时，脑海里想到了一个关于两性的全新见解，那就是生育是痛苦的，所以才需要做爱时的快感，就像小时候打针前医生给的一颗糖。但社会发展到如今，很多人只想吃糖，不想付出生育时的痛苦。

贾真真不想进去，她在门口迟疑着，林闯见到她这种样子，也不敢率先进去。许多人看着这一对年轻的男女踌躇在小诊所门口，都一副心照不宣的神秘表情，甚至还有过来人给他们传授经验："别害怕，一点都不疼，就像屙大便一样。"

07

地下室的上面新开了一家私人幼教中心，这座圆形的建筑与她就读的大学外观一样，整圈都是透明玻璃，好让外面的人可以直观了解里面的小孩是如何健康成长的。就像她的大学，每次坐在圆形的教室上课时，外面总有人在玻璃前探头探脑，有些甚至手搭凉棚，试图看清里面的当代大学生是如何上课的。

当贾真真在夜里看到这个幼教中心兴建起来后，才知道幼儿教育与大学教育其实是相通的，都像放置在培养皿下的细胞，经由研究者通过显微镜观察和培育，而后挑选出一些能够适应社会的及格人类。

　　旁边是一座花园，种植的花草在这个秋天的夜晚已经枯萎了，贾真真还能清楚地记得当初她刚搬来这里时在花园里挖土的那个角落，搬来没几天，贾真真就在网上购买了一株绿植和一个花盆，用来净化暗无天日的地下室空气。让她感到奇怪的是，绿植在没有阳光的情况下照样长得郁郁葱葱，而她的头发却逐渐干枯不少。

　　贾真真购买绿植时，才知道这些植物也有这么多讲究，当然这些讲究不仅仅局限于种类和名称，而是每一种绿植背后都有一个美好的寓意，好像购买了这些绿植就能让生活好起来一样。贾真真并不相信这些鬼话，不过还是下意识地购买了那株富贵竹，当富贵竹送来后，她发现这种竹子的捆扎方式有点像小型的宝塔，与她在西安看到的小雁塔有神似之处。这些绿植虽能给人带来美好的寓意，但摆放方式却充满着禁忌，贾真真不太懂这些涉及风水学的摆放方式，于是打电话请教父亲。

　　贾父接到女儿的电话后，露出了难色，他只擅长种一些瓜果蔬菜，对这些玩意儿可一窍不通，他是能说出一大堆在屋后种植芭蕉树的坏处，但却说不上来富贵竹该如何摆放才能保佑他女儿，最后毫无底气地让女儿将富贵竹放在通风处，比如客厅的阳台，或者房间的窗户，贾父以为女儿在大城市享福呢，开口闭口就是阳台和窗户，殊不知她的女儿的居住环境比他搭建的牛棚还差。

　　"知道了。"贾真真冷淡地挂掉了电话。

挂掉电话的贾真真于是在狭窄的出租屋里寻找通风的地方，房间不仅没有窗户，就连门都关不严实，睡觉前总要用凳子抵住门才能睡得踏实。最后她意外在床头找到了一个洞穴，每晚听到的老鼠叫唤声就是从这个洞穴里发出来的，于是她将花盆挪到洞穴边，就在她准备将那捆宝塔般的富贵竹放进花盆里时，意外发现花盆太浅，无法固定住绿植，而且往里灌水也无法让绿植不再往一边侧歪。直到这时，贾真真才明白商家没有提供泥土，只好自己一个人趁着黑天，一手拿着吃饭用的筷子，一手捧着洗漱用的脸盆，像做贼似地来到地上的那座花园。当时那个圆形的幼教中心还未建好，许多建筑工人还在里面忙活，贾真真利用夜幕的掩护，侧身钻进花园，然后蹲在杉树和松树之间，面前的是几朵栖息着萤火虫的茶花和月季，天上是久违的星辰，她一个人置身在星空下，沐浴在花香中，斜靠在树干上，抓紧时间用筷子挖土，然后用手捧着泥土放进盆中。

泥土没有想象中的坚硬，她几筷子就挖出了一大堆，很快装满了半盆的泥土。在回去的路上，她用事先装进口袋的桌布盖在盆上，然后像刚从小卖部买完生活用品那样回到地下室的房间。将泥土全部倒进花盆中后，富贵竹终于恢复了挺拔，真的变成了一座牢实的宝塔。贾真真坐在嘎吱作响的床上休息了一会儿，然后将沾满泥土的筷子丢进洗脸盆，继续用桌布盖在上面，两手端着来到卫生间。

水龙头边没有什么人，她快速洗干净洗脸盆和筷子，接着往盆里接上一点水，回房间给富贵竹浇水。经过那片长长的走廊时，她在左右两侧的房间好像听到了女人的呻吟声和男人的喘息声，她在走廊停留了一会儿，然后盆里装的就不是水了，而是一盆的凄凉与心酸，将凳子抵好门后，她甚至还没来得及将水倒在盆栽中，就和衣躺在床上，垫着枕头的脑袋刚好看到桌上的那面圆镜，透过镜子，她看到了那个盆栽，那个让她浪费了一个夜晚的盆栽。

已经快到上班时间了，她爬起来梳理好头发。在这个孤独的夜里，由于有了镜子中的另外一个自己，她的心情突然变好了不少。这面陪伴她的镜子后来即便她搬了好几次家都没有丢，可以说它是第一个陪贾真真熬过凄惨岁月的伙伴，之后才是那个盆栽，那只猫则要排在最后，虽然后来猫成了贾真真最为看重的同伴。买这面镜子时，同样是在晚上，那是贾真真好不容易找到这个便宜的地下室，已经把大部分生活用品都置办齐全后去买的。

她在小卖部找了好久才找到放置镜子的地方，当她看到那些方镜子圆镜子大镜子和小镜子时，每面镜子里都出现了她那张由于搬家而略显疲倦的脸。这些镜子让她选择困难，最后因为小卖部快打烊了才逼自己随便拿了一面圆镜子，于是那些出现无数张脸的镜子在贾真真最终确定那面圆镜后，镜像都集中汇聚在了她手上的这面。通过手机支付完费用后，走出小卖部的贾真真先是将镜子盖在手掌上，她不想让别人发现一个在夜里臭美的女人，当她打量了一眼四周，发现没有一个人时，她又将镜子从手心翻过来，于是她的脸又出现在了镜中，与她的脸同时出现在镜中的还有当晚十五的月亮。

贾真真被镜中自己的脸所吸引，一直低着头走路，好几次差点摔倒，于是她又将镜子举在眼前，这样就能在看到自己的同时还能顺利走路。此时的她已经把家乡传说忘在脑后了，家乡一直有个说法，每月十五不能在户外照镜子，不然会让一些脏东西躲在镜中，导致跟镜子的主人如影随形。虽然贾真真那晚忘了这个传说，但当她走到半道时，真的好像看到有什么东西钻进了镜子里，她是通过镜子突然加重了重量发现有东西钻进去的。这时她才想起家乡的那个传说，不过她却并不感到害怕，因为每个传说都有相应的防御机制，既然有东西进去了，那她大可以让其滚出来。

这种防御机制就是用水擦拭镜面。贾真真带着变重不少的镜子跑到水龙头前，她将水龙头悉数拧开，然后冲洗镜面。水流哗哗，在镜面稍作停留，然后恢复平展，贾真真举起洗过的镜子，发现镜子果真变轻了，就在她准备回房睡觉时，突然从镜子里出现了另外一张脸孔。

贾真真当场吓傻了，她不敢动，也不敢把视线从镜子里挪开。此时地下室没有一点声音，只有刚拧紧的水龙头滴水的声音，这种声音更是增加了当时的恐怖气氛，吓得全身发软的贾真真意识到大事不好了，镜子里出现的那个人控制了她的身体，让她无法动弹。除了她转动的眼珠，她的心跳好像都没了，而且胸腔内一阵凉意，这股凉意让她一阵阵发抖。

贾真真想大声呼救，但一点声音都发不出，好像被人捂住了嘴巴。镜子里的人越靠越近，她的后脑勺都能感受到对方的呼吸。不对，那种东西是没有呼吸的。贾真真感到奇怪，这时她才敢回头去看，这一看让她大松一口气，原来镜子里的人是刚上完厕所的住户。这个男人疑惑地看着这个在夜里洗镜的女人，也吓坏了，手都没洗就跑了。贾真真不敢多作停留，赶紧连跑带跳滚回房间，当门关上后，她才完全放心。

贾真真看着镜中的盆栽，又一次听到了老鼠的叫声，这次老鼠甚至从洞穴里探出了脑袋。贾真真透过镜子才知道盆栽没有完全堵住洞穴，于是起床将盆栽正对着洞穴，但是老鼠叫得更大声了，好像是为贾真真限制了它的"人身自由"而不满。就是在那个闹鼠的晚上，贾真真才最终下定决心领养一只猫。

当猫长到叫春年纪，贾真真又要为如何避免猫叫春而花去诸多心思。此刻她经过幼教中心门口时，双肩背包里的猫用爪子在挠她的后背，好像知道了自己正不可避免地成为一只阉猫。贾真真让它安静点，否则就把它丢了，让它再次成为一只没有人要的流浪猫。猫懂人语，听到贾真真的话后，安静了下来，这又让贾真真觉得于心不忍，为了自己的清静就剥夺一只猫的交配资格，她觉得有些说不过去。于是她站在幼教中心的圆形窗户外，不知道该不该继续往前走。

第三章

08

　　小诊所的味道不太好闻，贾真真皱了皱眉头，但林闯却对这种味道甘之如饴。看到林闯像条狗似的，一直紧绷着脸的贾真真终于笑了，两只眼睛笑成了月牙，洁白的牙齿就像用盐擦洗过一样。已经跑到前面的林闯听到笑声，转身查看笑声的来源，正好看到那对月牙儿和上下两排雪白的牙齿，但贾真真这副充满防备的笑容却在林闯无意间窥到后，及时消失了，甚至还因为笑容被撞见而有点恼火，立马变得乌云密布。林闯有些胆寒，赶紧将头扭回去，不过他的心里却乐开了花，虽然只是匆匆的一瞥，也能让他回味很多年，很多年了。

　　这间诊所不大，走在前面的林闯像个领路人一样，轻车熟路地将身后的迷途羔羊领到了一个医生面前。这让林闯想起了小时候的某些事，他从小就是个孩子王，即便是现在，只要贾真真不在旁边，他身上也还有一些孩子王的习性。

　　小时候逮蚱蜢和捉夏蝉的记忆他一直未曾忘却，对蚱蜢和夏蝉这两种迥然不同的昆虫，也还记得两者相同的味道。蚱蜢喜欢停在荻花上，夏蝉喜欢靠在蒲公英上，荻花与蒲公英也是两种完全不同的植物，但由于都备受风的青睐，所以它们飞起来的时候常让林闯分不清。

　　只有它们在受到风的冷落时，林闯才能分清它们，从而顺利看清停在其上的蚱蜢或者夏蝉。它们是所有植物中离大地最近，同时又注定要飞向高处的，就像当时将贾真真领向医生面前的林闯，他与贾真真当时距离彼此最近，但同时中间又隔着一道深不可测的鸿沟。幼时的林闯身后跟着一大帮小孩，他们有的举着网兜，有的握着镰刀，有的什么都没拿，最前面的林闯指挥着握有镰刀的小孩，将荆棘劈开，然后又指挥举着网兜的小孩去捕捉停在荻花上的蚱蜢或者靠在蒲公英上的夏蝉，等最后将这两种昆虫捕获得差不多后，那些什么都没带的小孩会最先吃上一口已经烤熟的昆虫。

　　将贾真真领向医生的林闯，自然地往旁边挪了几步，好让医生能直接与病患对话。贾真真本来躲在林闯高大的背影下，突然间背影消失，不敢将头抬，依旧低着头看着自己那双并不合脚的鞋。等前方的背影换了一个稍微矮小的后，贾真真才明白，她终究要自己面对这一切。

当贾真真躲在林闯的背影下时，她好几次悄悄抬起头观察着林闯，看到眼前的这个男生剪了头发，换上了一身让她倍感舒服的衣服时，才明白过来，他对这次的见面竟提前排练过。他洗发水的味道甚至一度冲散了小诊所难闻的药味，她小心地挑选着这些好闻的味道，好让它们能直接进入她的口鼻，抵达她的体内，至于其他的药味，则被她固执的呼吸挡在外面。这对当时的贾真真来说，林闯那时就是一股清新的空气，而其高大的体格就像让她能畅享这种空气的保证，犹如站在高山之巅，鼻翼直接连接空气的源头。她沉浸在自己的思绪中，以至于忘了医生的问话：

"哪里不舒服？"

要不是林闯提醒她，或许她还会继续沉浸其中。林闯的提醒让她一下子从梦幻的云端掉入了残酷的现实，她无法再让自己逃避，必须自己面对这个虽然见惯众生病痛，实则还对某些妇科疾病津津乐道的医生。贾真真紧张得说不出一句话，两只手不安地扯着衣角，让这身正装瞬间像被雨水浇过一样变皱了。她记得四周一片死寂，空气好像死海里无法流动的水，过了许久，她才想到回话，而且也是先捡那些无关紧要的症状回答：

"我发烧。"

"只是发烧？"医生一眼就看穿了她。

"还，还有那个。"贾真真的声音细如蚊虫。

"哪个？"医生继续发问。

"痛，痛经。"贾真真说完轻轻松了一口气，然后用余光去看林闯的反应，发现林闯却将注意力集中到了走廊的一对情侣之中。这对情侣为谁该就诊费吵得不可开交，一个说胎儿是从女生肚子里打下来的，理应女生出，一个说谁的种就该谁出。男生最后急了，大声说道："话是这么说，但我还没享受到收获的喜悦，种子就坏了。"

女生反唇相讥道："你有施肥的钱吗？还收获。"

"就是没钱所以才要你现在出啊。"

"你还是不是个男人？算我瞎了眼。"

女生最后从钱包里掏出两百块，给医生，然后按着腰慢慢地走出诊所，男生想去扶，被女生反手一掌打蒙了。林闯惊讶地看着这一切，等女生走出诊所后，才将目光放回到旁边的贾真真身上，突然看到贾真真的眼睛瞪着自己，吓坏了，不知道自己做错了什么。

医生听到贾真真的话后有些失望，他还以为这又是一个前来堕胎的女生，没想到只是简单的痛经而已，丝毫没有一个医生的职业操守，忘了痛经很多时候是会影响生育的。医生懒得再搭理贾真真，随手往柜台一指，意思是去那里买几服药吃吃就行了，然后拍着还傻站在一旁的林闯后背，说道："小伙子，看来你要加把劲啊。"

不只是贾真真，就连林闯本人都不知道医生这句话什么意思。

"不痛经的办法只有一个，那就是怀孕。"往前走了几步的医生转过身嘿嘿一笑。

林闯终于听出了医生话里的意思，羞得两手都不知道该往哪放好，然后偷偷去看贾真真，发现贾真真又在观察他脸上的羞怯，瞬间更加难为情了。末了贾真真问道："你想什么呢？"

"没，没。"林闯回到。

"那还不赶紧交钱？"贾真真怒道。

林闯这才知道贾真真已经去到柜台边了，而他还在原地呆若木鸡，只好小跑着来到柜台，从钱包里掏出早就准备好的几百块钱，全部掏出来交给贾真真。贾真真见状，真是气得不知道如何是好，没好气地说道："给我干吗，给她啊。"林闯这才看到从柜台内往外伸手的护士，赶紧将钱交给她。这样一来，却让贾真真更加生气了："给这么多干吗啊？"林闯一听本能地往回缩手，然后不知道该挑哪张面额的给护士，最后给了一张一百的，多的对方自然会给自己找。给完后，林闯就站在原地等对方找钱，等了许久，看到护士非但没找钱，而且已经在给别的病患抓药了，正抓着脑袋百思不得其解，又听到贾真真的声音从门口响起：

"愣着干吗？还不够丢人现眼。"

林闯一看，发现手里拿着药的贾真真走到了门边，更加疑惑了。这间诊所真是邪门，人在里面居然像泥鳅一样滑，一不留神就滑到不知道哪去了。

在回去的路上，贾真真让林闯将外套脱下来，然后拿上他的外套盖在自己的药盒中。贾真真为了及早离开那个令她尴尬的诊所，连装药盒的塑料袋都没拿就走了。此时她把林闯的外套盖在药盒上时，手掌还能感受到他的体温，与当时刚入秋的气温差不多，又有点像热水瓶里隐隐约约冒出的热度。冬天还要过几个月才来，但她已经能提前感受到每次走在校园里去打热水时的那种感觉。林闯脱下外套后，双手不由自主地抱紧了胳膊，他感到了些许寒意，但为了在她面前证明自己男子汉的气概，又很快将抱紧胳膊的双手放下来，借助挥动双臂的方式给自己增加热量。一片枯了一半的落叶落在了林闯的肩头，就像一只枯叶蝶附着在树干上那样粘在了他的身上。

贾真真想摘去这片落叶，但很快就放弃了这个想法，因为她觉得这片枯叶与林闯极为般配，她悄悄往后退了几步，趁林闯未留意，拿出手机将这个画面永远停留在了那刻。后来她无数次看着这张照片时，都会想起那天这个能自动吸引落叶的男生。唯一让她感到遗憾的是，她当时的手机像素偏低，无法真正还原这一幕，等她有钱能够买各种昂贵的相机时，不管怎么摆拍，都无法将一片落叶拍出蝴蝶的效果。直到那个时候她才知道，很多事情只要经过事先设计，都会变味。

走到校门口的时候，贾真真急匆匆将外套丢还给林闯，然后将药盒藏在怀里一溜烟似地跑了。留在原地的林闯将外套穿上后，闻到了一股好闻的味道，这个味道让那片附在他身上的落叶也逢春了，以至于在林闯当晚洗衣服时，怎么都无法把它从衣服上拿下来，他只好就着这片落叶洗这身衣服，然后将它晾在寝室的阳台上。

当第二天的阳光明媚起来后，睡在床上的林闯自然醒了，然后就看到那片落叶悄悄地飘落在空中，最后往校园深处飘去。他赶紧爬起来，跑到阳台，视线一直跟着这片落叶游走，枯叶的飘荡范围很广，甚至涵盖了整座校园，最后落在一棵新栽种的树上，成为第一片来到这棵小树定居的叶子。

09

这只猫，这只直到临终前贾真真还叫不上名的猫拥有一双绿色的眼睛。贾真真当时还不知道大城市给猫取名的习惯，以为也像自己家乡那样猫就是猫，狗就是狗，没有猫叫凯蒂，狗叫艾伦的道理。当她想给自己的猫取名时，已经来不及了，这只她养了十年的猫已经寿终正寝了，当别人看到她在各种场合总在缅怀这只猫时，问了一个不合时宜的问题：

"你的猫叫什么名字？"

贾真真答不上来。这只没有名字的猫只能以自身的特色留存在她的脑海，很多人都说猫若没有名字，就不算猫，跟一块顽石和一棵野草没有区别，但贾真真却能在猫没有名字的情况下每天想它两三遍。直到这时，贾真真才明白，名字有时候并不是增加印象的，而是导致遗忘的。没有名字的猫总会出现在贾真真的眼前，而且还是以各种不同的姿势和不同的叫声出现在她面前，尤其那双绿眼更是让她觉得猫容宛在，从未离她而去。

听到猫的叫声后，不管是在工作还是在聚会抑或是在睡觉的贾真真都会放下手头的工作，离开聚会的朋友，钻出温暖的被窝，来到猫发出叫声的地方，但在办公室的白色墙壁上，在聚会的这家酒馆前，在房间空旷的落地窗边都没能找到猫的踪影。在公司的同事和在酒馆的朋友看到不在状态的贾真真，就会说出一句不约而同的话：

"是时候给贾真真介绍一个真正的男朋友了。"

贾真真不仅说不出这只猫的名字，也叫不上这只猫的品种。在她的印象中，猫就和人一样，只有一种，却忘了就算是人，也有黄白黑三种不同的肤色，更何况在这个狼跟狗都可以杂交出另外一个全新品种的时代，猫的种类就更不用说了。后来当贾真真把猫的照片给一个养猫专家看时，才知道猫的种类如此之多，居然不同的地方就有不同的品种，以外国来说的话，就有暹罗猫、波斯猫、孟买猫、埃及猫；至于国内的话，就更多了，只是狸花猫、三花猫、黄猫和狮子猫就够贾真真记忆一段时间了。

养猫专家还告诉贾真真，不同地区的猫对于环境和温度的要求都会有所不同，从而表现在样貌上也会有所不同。一般来说，靠近赤道的地方，猫的耳朵会比较长，接近温带的地方猫的耳朵就会比较短。至于猫眼则刚好反过来，靠近赤道的地方眼窝浅，接近温带的地方眼窝则比较深。而贾真真的那只猫，这些规律都用不上，她那只是接近温带猫耳朵却很长，猫眼也很浅的猫。总之一句话，这是一只神奇的猫。

听完养猫专家的话后，贾真真后悔那天夜里带猫去节育了，若是不给它结扎的话，它就有机会生出几只与其一模一样的猫出来，这样的话，她就不会因为猫的离去而感到如此伤心难过了。但说什么都晚了，时间回到那天夜里，当贾真真的后背感受到猫挠时，她确实在那刻犹豫了几分钟，甚至由于愧疚将猫从双肩背包里抱出来，让它躺在自己的怀里。

猫的绿眼一直在瞧着她，瞧着这个一直尽心尽力照顾它饮食起居的女主人，贾真真不敢和它对视，而是把视线放到黑夜里，此时的她已经来到了那座过街天桥，她站在天桥的中央，透过微弱的灯光，看到天桥上贴满了租房信息。贾真真想从这些宣传单中找到节育猫的信息，她想去一间就近的宠物医院，尽快将猫给结扎了。她找了很久，没有找到，只有租房信息和健身信息，唯一与猫有关的也是对面那所大学里的学生贴在这里的寻猫启事。

　　启事中的猫照片虽然是黑白的，贾真真还是一眼看出了不对劲，照片上的猫和她抱在怀里的猫极为相似，猫好像也意识到了这点，一直挣扎着要靠近看看。贾真真将猫放近前去，两相对照，发现是同一只猫。猫是无法认出自己的，它看到自己的照片时，第一个反应是遇到了仇敌，遇到了一个可能会与它争宠的对手，所以它立刻用自己的爪子去挠自己的照片，所幸爪子已剪，才让它的嫉妒之火没能通过猫爪完全燃烧起来。

　　贾真真是通过给猫照镜子时发现猫无法认清自己的，将那面圆镜放在猫的面前，猫看到镜子里多出了一只猫，先是疑惑了一会儿，然后就挥起猫拳，准备将对方打趴下，要不是贾真真及时抽走镜子，镜子说不定会被揍得稀巴烂，如果真是这样的话，猫看到这些碎镜中又出现了无数只猫，不与它们打得不可开交那是不可能的。

　　世界上居然真有两只一样的猫。这让贾真真感到非常神奇，她抱紧了猫，与它一起俯瞰下面的车水马龙。夜风从道路两旁的树叶间吹出来，分别吹起了贾真真头上左右两侧的头发。她看到两侧车道的汽车发出不同颜色的灯光，左侧车道是过来的车，发出的是黄光，右侧车道是离开的车，发出的是红光，黄红两种不同颜色的灯光分别代表了归来与离去的心情：喜与哀。然而对当时的贾真真来说，这些车辆没有一辆是为她而来，也没有一辆是因她而去。

　　不过在当时的猫看来，不管是哪种颜色的车灯，对它来说都充满着挑衅的意味，就像在镜子里出现的那只令它置气的猫一样，如果不是女主人抱住了自己，它一定会跳下去，将这些充满危险的车灯砸碎，让其在自己的拳头下相撞，从而造成交通事故。这来来往往的车辆很快又被猫当成了猎物，它当时已不当猎手很多年了，但融入血液的猎人基因却总会在合适的时机被唤醒，它把那些离去的车辆当成了逃窜的老鼠，却把驶来的车辆当成了搏命的恶犬。如果只是追逐那些老鼠，显然无法证明自己的本领，只有与那些恶犬相斗，它作为一只猫的尊严才能得到真正的捍卫。

可以说，在当晚的夜色中，一个女人和一只猫同时在脑海里浮想联翩，不同的是猫与主人"同桥异梦"，一个想着唤醒自己体内的好战基因，一个却想着自己孤苦无依的处境。很多时候，午夜时分总会让人与猫同时感怀身世，看来只要是生命，都会被环境所影响，从而生出言过其实的情愫。当贾真真夜晚躺在床上，用手机浏览新闻时，总会被新闻中夸大的凶杀案所惊吓，导致对自身的安危抱有不切实际的低估，以为这个社会杀人已经成为常态了，但只要一到天亮，看到灿烂的阳光，又会觉得自己杞人忧天。当猫在夜里被镜中的自己所激怒时，总会觉得外面也有无数只这些不怀好意的猫，但只要第二天贾真真带它去遛弯，看到葱郁的树叶，闻到浓郁的花香时，又很快会将夜里的烦恼抛诸脑后。

这种反应一般在贾真真看鬼片时尤其明显。好在她此刻站在天桥上时，所有的注意力都集中在了车辆上，脑子里没有想起看过的那些鬼片，否则就以此时笼罩其顶的夜幕，加上道路两旁影影绰绰的身影，就会让她当场吓得无法动弹。

贾真真没有过多纠结在寻猫启事中，她对天桥上张贴的这些纸张感到有些头晕。在当今这个时代，浏览资讯一般在手机里上下翻阅，她对天桥上这些需要左右观看的文字已经无法适应了，就像她再也无法拿起一本需要从左往右翻阅的书籍一样。

当人类的眼睛只分得清上下，无法分清左右时，或许关于左右的派别之分也会在无形中达成一致，从而让这个世界只管上下，再也不用因为左右立场的不同而大动干戈。但这几乎是一个奢望，贾真真对此很明白，那时的她刚步入社会，时不时地还带有大学生时代的理想主义，不用几年，她会彻底忘记这个自己，甚至在内心百般嘲笑。而且对当时刚步入社会的贾真真来说，其他更为重要的事已经全然占据了她的身心，使她无法静下来好好思考一些值得思考的问题。在快节奏的都市，人们只是一只在高速运转的齿轮上的蚂蚁，单单保持速度不被甩下就够困难的了，哪还有精力思考自己为什么要在齿轮上，而不是在其他能让自己喘气的宁静所在。

10

临近大学毕业的贾真真恍然发现，读书的目的原来只有一个，即让自己显得正常点。从小到大，贾真真一直以为自己是那个特别的人，她的高中女同学在高考完后就迅速嫁人，并在贾真真上大学之初一直通过短信的方式给她灌输趁早嫁人的好处。这让贾真真感到非常奇怪，在高中三年都不敢跟男同学说话的女同学，为什么能这么果决将自己送入婚姻殿堂，要知道，那时的贾真真对两性关系尚且一知半解，看来性教育的缺失并不会妨碍结婚生子，而且恰恰因为如此才让她的女同学能一门心思地生儿育女，不作他想。就这样，贾真真以为自己在那些早婚的女同学堆里算个另类，就能将这种行径贯彻到底，没想到一到大学毕业，她照旧要跟其他为工作操心的毕业生一样。

对那时的贾真真来说，她并不觉得婚姻是座坟墓，否则她也不会用老生常谈的殿堂一词来形容婚姻了。坟墓与殿堂的区别她还是分得清的，早婚对她来说就是坟墓，而适婚才是殿堂。可以说，贾真真的这套理论还是遵循着传统，甚至是迎合某些政策，她忘记了对一个国家而言，从来就没有所谓的早婚或适婚一说。当国家的人口爆炸时，即便是三十好几都有可能被戴上早婚的帽子；而当国家的人口萎缩时，就算是十七八岁也有可能是适婚。这些随时随地都会更改的政策只要贾真真回一趟家乡，便能一目了然。

在她小时候，她经常能在墙壁上看到巨大的粉刷字体，而这些字体就是关于晚婚晚育的好处的，现在她回去的话，看到的无疑就是关于早婚早育好处的宣传语。婚姻大事，甚至不要展开调查，仅在一面墙上就能一清二楚。所以贾真真所认为的适婚年纪，并不是真正她以为的，而是一种更大程度上的随大流。

不过当时的贾真真并不会想得这么深，也不会想得这么远，对当时的她来说，只要看起来能和高中女同学不一样就可以了。但是这种通过对比得出的优越感也不会保持多久，在她上大二的时候，当高中女同学继续找她聊天时，她就没有多大兴致了，女同学的话题在她眼里已经成了一条过期的鱼，浑身散发出的恶臭让她连连掩鼻，倘若在电话另一端的女同学看到她这个样子，一定不会觉得贾真真是在嫌弃自己，而是会将她这种举动当成害喜，然后以过来人的经验告诉她害喜的若干注意事项。

刚开始，贾真真还会因为同窗情谊硬着头皮听对方唠叨。她在这种唠叨里也听出了婚姻的不可靠性，刚开始女同学一个劲地在说结婚的好处，后来的话题就变成了照顾小孩的辛苦以及对夜不归宿丈夫的讨伐。但不管是在歌颂婚姻还是在诅咒婚姻，女同学最后都会用同一句话作结尾："我真愁你的婚姻大事，你也老大不小了。"

这话在读大一的贾真真听来不算什么，还能将其当成夸她成熟的好话，但随着贾真真的年纪越来越大后，她再听这话时就不太高兴了。为了避免再让自己的心情过于起伏，贾真真咬牙将对方的联系方式删除了，不过却忘了删除对方的QQ，当她有一天在空间发了一条心情时，突然间有个网名叫"累并坚持着"的人在高中群里小窗（私聊）她，点进对方的空间一看，看到小孩的头像占据了整个空间，就知道找她的又是那个以育儿为乐的女同学。

女同学在对话框里打了一大堆充满语病的句子，让贾真真不知道对方的重点是什么，就在她准备发送一个问号过去时，又接到一大串的语音，点开一听，吵闹的方言差点震碎她的耳膜，她只好揉揉自己的耳朵，让自己的QQ隐身在线，然后设置一个自动回复："您好，我现在有事不在，一会儿再跟您联系。"

等贾真真再上线时，消息多得吓了她一跳，全部都是那个女同学发来的语音，每一条都几乎同样时长，看上去就像军训时排列整齐的队伍一样。贾真真头都大了，只好将对方拉入黑名单。当微信流行起来后，贾真真将QQ上一些值得联系的朋友导到微信后，就卸载了QQ，从此耳朵着实清静了一段时间。

玩朋友圈的贾真真很快就看不起玩空间的贾真真了，并把这种鄙视链带到了日常学习中，当她发现谁还在玩空间时，就会自然地在心里给对方打上低分，但要是知道谁在玩朋友圈，即使事先很讨厌对方，也会在心里对他充满好感。朋友圈和空间就这样被踏上社会之前的贾真真当成了划分人群的标志，后来她才会真正和大众审美口味保持一致：以谁钱多钱少来判断一个人成功与否。

朋友圈在最开始给贾真真带去了很多欢乐，相比于空间留言，她更在乎朋友圈的点赞。"点赞"到最后甚至影响到了她的情绪，要是发的一条朋友圈赞数很少，她一整天都会怅然若失，要是赞数很多，又会比中了彩票还开心，以至于本来可以几天不带手机都没事的她，只要手机离开几分钟，就会觉得好像丢了孩子似的。所以那段时间，贾真真最关心的事不是如何顺利通过毕业答辩，而是为防止手机没电而绞尽脑汁。

寝室有限的几个插座都被她牢牢霸占着，一个插着自己的电脑，另一个插着自己的手机，当别人也要充电时，就会以先到先插为由让对方去其他地方充电。直到这时，贾真真才会热情拥抱科技的变化，当她还是用翻盖手机时，充电总会很麻烦，先要把手机掰开，将电池卸下来，然后把电池放进万能充电器中，最后插上万能充才能真正开始充电。起初她也会直接用手机数据线充电，但这样会让充电变得很慢，也会让手机发烫，当她知道万能充的好处后，她就习惯了这种手动式原始充电方式。看着万能充里一闪一闪的红光，贾真真就能知道她的手机电池正在吃电果腹，当万能充的红光变绿时，她就知道自己的电池吃饱了，然后拔下万能充，将电池装回手机体内，最后开机，等别人以为她用完插座，准备将自己的手机充电时，贾真真就会摆摆手道："别急，还有一块电池没吃呢。"

后来随着科技的发展，翻盖手机逐渐被智能手机取代后，贾真真也很快抛弃了这种落伍的充电方式。现在的智能手机可以边充电边刷朋友圈，而且也不用多一块备用电池，而是只有一块电池，并且这块唯一的电池也无法从手机体内卸下。这一切的一切，都代表了这个日新月异的科技时代，更代表了贾真真是个站在科技前沿的赶潮儿。

然而，科技的飞速发展也未让贾真真逃脱被手机掌控的命运，她在大学的最后一段时间，都被手机死死控制着，她的喜怒哀乐全系在这块巴掌大的小玩意上，与其同呼吸共命运，好像手机就是一块土地，她所有的吃喝拉撒都要靠这块地提供。真没想到，她的父亲用一亩三分地养大了她，她长大后也要通过土地获得存活的条件，唯一不同的是，前者的土地提供的是真正的粮食，后者的土地提供的却是精神鸦片。

贾真真后来无疑也意识到了这个问题，她发现自己花在手机上的时间太多了，多到她甚至都忘了手机之外的世界。她一直认为自己除了会对学习上瘾，对其他物欲都有极强的把控能力，换句话说，只有她控制事物，没有事物控制她的道理。如果掌控者与被掌控者的关系是蜘蛛和蜘蛛网的话，那她就是那个杀死蜘蛛和破坏蜘蛛网的熊孩子。当她意识到自己患有手机上瘾症后，才明白互联网为什么叫互联网而不叫其他名字的原因，因为这种网不仅像矛一样坚实，也像盾一样庞大，几乎能够让全人类无处遁逃。

　　而且她变得无法欣赏正常的自然景物，总要让这些景物拍完照上传到朋友圈后才能领略到它的美，但隔着屏幕的美景就像修图过度的照片，总是有些过分失真，她就沉浸在这种虚假的美感中无法自拔，并为这种美感付出自己过多的真情实感。此外，她更加无法正常走路吃饭睡觉，每当走路时，即使是一个最为常见的东西都要被她拍到朋友圈，好像隔着屏幕，平凡的事物就会变得非凡；吃饭更是吃一口拍一张照片，导致最后拍的照片比自己吃下的饭粒还多；睡觉就更不用说了，洗漱前要拍，刷牙后要拍，换件睡衣也要拍，就差将自己的裸体拍照上传了。在那段浅睡眠的时间里，贾真真几乎睡上半小时就会自然醒，然后检查手机有没有消息，看到没有任何动静，又会拍一张自己入睡的照片，当然，在拍摄之前，她会先下床精心化妆一番，然后再爬回床上，用这张化了浓妆的照片欺骗朋友圈里那些同样患上手机上瘾症的朋友。

　　贾真真觉得不能再这么下去了，她的上瘾症状已经变得极为严重，但就像一个瘾君子事先总会再三保证一定戒毒，但转身又故态复萌那样，贾真真的保证一般不超过三分钟，就会被她薄弱的意志打败，然后又不亦乐乎地把时间花到手机上，只有上厕所才会让她稍微歇一口气。上完厕所走出来后，还觉得奇怪，怎么天这么快就黑了，差点摔倒，好在手机在握，光明不愁，打开手机屏幕，在照明的同时也不影响自己刷朋友圈，真是一举两得，原来科技真的会让生活变得更美好。

夜晚的到来也会相应给贾真真带去良心上的谴责，只有真正到了这种夜深人静的时刻，她才会产生强烈的罪恶感，才会觉得愧对父母。想起在家乡的父母逢人就夸她是如何让他们骄傲时，贾真真真恨不得给自己一巴掌。不过相比于手机上瘾，她的父母更害怕她沾染一些更为实际的恶习，比如遇人不淑被骗，或者染上酒瘾和烟瘾。她的父母已经跟不上这个时代了，不知道如今比起嗜烟贪杯，手机才更加可怕。所以当她的父母看到新闻里很多大学生由于玩手机的时间过长导致猝死时，总会摸着头皮奇怪半天，"为什么手机会有这么大的杀伤力"？一些与贾父贾母年纪相仿却早已当上爷爷奶奶或者外公外婆的同龄人告诉他们："是手机发出的一些辐射会造成人死亡，而且这种辐射会严重影响到女性的生育。"

贾父一听吓坏了，赶紧丢掉手机，换打座机通知女儿："赶紧将手机丢了，不然我这辈子不要说当爷爷了，连外公都可能当不上。"贾真真一听笑坏了，但又很快伤感起来，她不知道如何跟父亲解释手机真正的危害。

"爸，对不起。"贾真真说出这句话后挂断了电话。

贾真真已经一天没有碰手机了，她把这当成了一个良好的开端，只要再坚持几天，她就可以彻底治愈手机上瘾症。她想起昨天林闯陪自己去小诊所买的药，准备再吃上几副，但热水瓶里没开水了，于是她提起热水瓶准备去开水房里打热水，为了证明誓要与手机决裂的勇气，她这回出门第一次没带手机。

　　她提着热水壶，没有化妆，身上穿的是睡衣，脚下踩的是棉鞋，以这副毛熊的笨拙姿态前往距寝室百米外的开水房。她到楼下后，深深地呼了一口气，发现没有手机的空气竟这么清新好闻，一路上她遇到的都是低头族。这些被手机控制的同学让贾真真极为痛心，真想打掉他们的手机，让他们抬头看看，天有多蓝，云有多白，而且瞧瞧那片落叶，像不像一颗象征甜蜜的爱心。

　　但贾真真一看到这片落叶后，很快就折返回去了，只见她边回头看这片还在空中飘落的叶子，边跑上楼，棉鞋都跑丢了也没去管，终于回到寝室从被窝里摸出手机，然后又急火火地回到楼下，看到那片落叶还未落地，松了一口气，赶紧拿出手机拍照，然后上传朋友圈，并附上一行文字：

　　"连落叶都积极向上，我们还有什么理由不努力？"

第四章

11

　　夜里的钟声猝不及防地传来，抱着猫的贾真真冷不丁吓了一跳。她没想到在如今还能听到这种原始的报时声，那个时候贾真真对于这座城市的了解还有限，不知道在市中心还留有一些古建筑，这些古建筑在摩天大楼的对比下显得格外落寞，就像即将下山的夕阳一样，城市为此不惜用属于别的国家别的民族的文化张冠李戴在夕阳头上，以此吸引一些不明真相的游客。当靠这些古建筑每年就可以拉动好几亿的内需后，夕阳转眼就变成了朝阳。

　　在这些古建筑中尤以钟鼓楼格外引人注目。钟鼓楼坐落在这座城市南北中轴线的北端，是元、明、清三朝的报时中心，在红墙朱栏和雕梁画栋之间，悬挂着一座巨大的钟。传说在古代，鼓手们听到铙响后便击鼓定更，然后钟楼听到鼓声后才会撞钟报时，鼓就像现在钟表上的分针与秒针，当分针和秒针同时到达了某一个时间刻度，钟表就会发出如钟声一般的报时声。可以说钟鼓结合才能最终完成报时的目的，就像一块钟表需要分针与秒针的同时配合才能证明时间的流逝。

用钟表计时是人类的一大发明。

现在这些钟鼓已然成了老古董，早已丧失了报时的作用，不过为了证明古人的聪明智慧，这座城市每年还是会让人当着游客的面使用钟鼓楼，以此证明钟鼓绝非摆设，只是不得已在这个报时器遍地开花的时代走入幕后。

在中国，最不缺的就是这种几朝古都，所以当别的古都见到这座城市大打历史牌后，也相继祭出了自己的杀招，有的打名人牌，有的打文化牌，有的甚至打出了青楼牌。

青楼在秦淮一带自古就是文人墨客的极乐天堂，许多游客即便不是为了体验古人逛窑子的感觉，只是亲眼看看古代的窑子长什么模样就甘愿自掏腰包，为秦淮两岸的GDP做贡献。

当这座城市发觉还能如此操作时，已经晚了一步，因为它虽然可能文化比不上别的古都深厚，但青楼的数量却不遑多让，今有令富商巨贾趋之若鹜的"天上人间"，古有使贩夫走卒乐不思蜀的八大胡同，随便哪个拎出来，都可以让别的古都自愧不如。

之所以说晚了一步，是因为在扫黄打非之下，"天上人间"早已和被拆除的八大胡同一样，被湮没在了历史长河中。或许几个世纪以后，当后人挖掘出"天上人间"的遗迹后，才会因为利益的关系重新赋予这种风月场所一定的合法性。但对现在的城市来说，几个世纪后的事太久，眼前才最为关键，所以它在丧失了自己特色的同时，很快又发现了钟鼓这一历史留下的宝贵遗产。

那晚贾真真听到的钟声就是在这种情况下发出的。她当时对于历史同样一知半解，和许多人一样，都用这种"祖上曾经阔过"的伎俩麻痹自己，以此生出祖国并不比别的国家差的错觉。后来随着阅历的增加她才会知道相比于国家富强，个人自由才最为重要。她的猫，她那只当时还未被养猫专家称之为神奇的猫，听到钟声后，也突然安静下来，好像也能在这种古老的钟声中回味这座城市的悠久历史。贾真真见到猫这副样子，很开心，好像她所自豪的事终于有了回应，于是在猫不再注意聆听这种钟声时，又强行按着它的脑袋，让它认真倾听。可以说，贾真真走在了国家的前面，国家是培养人的历史自豪感，而贾真真已经在培养猫的这种历史自豪感了。

这种情况一般出现在荒诞剧中，在这个正常的社会只有这个刚步入社会的女大学生如此"强猫所难"。

猫的逆反心理在贾真真再三强按它的猫头时终于产生了，

只见猫痛苦地叫唤了几声，然后跳下女主人的怀抱，从天桥上一跃而下。好在天桥下的车辆此刻在拥堵着，这才没让这只不知天高地厚的猫惨死在车轮下。猫先是钻进车底下，然后才跳上车顶，在这些不同品牌不同颜色的车上奔跑，这可急坏了它的女主人。当贾真真见到猫跳下天桥后，很快将思绪从历史中拉回到了现实，看来不管对历史感到多么自豪的人，一旦涉及自身利益，都会很快从这种虚假的泡沫中觉醒。本来贾真真在这种报时的钟声中回到了种满报春花的故乡，刚要思考报时与报春的相同之处，突然就觉得怀里轻了不少，俯首一看，猫居然不见了，幸好在车顶奔跑的猫通过叫声提醒了贾真真。

贾真真看到猫在车顶上，急坏了，但又不敢跳下去逮猫，只能在天桥上干着急。在着急的间隙，她脑海中的报春花一朵一朵地被霜打蔫了，而前方的钟声也逐渐弱了下去，只听得猫哀怨的叫春响彻在这个夜半时分。

猫是嗅到了别的母猫的气息，从而展开了一段为爱奔走的激烈旅程。它本来也沉浸在钟声中，钟声将它带回到了几百年前。那个时候，除了一些贵族，很少有人养猫，所以流浪猫在城墙下扎堆，每天靠捉鼠讨生活。如果说回到过去的贾真真是看到了古人优渥的生活的话，那么猫回到过去看到的则是落魄的猫族生活。猫由于刚刚被贾真真培养出了一些历史自豪感，所以即便它不想回去，当时的情况也不容它不回去。

当猫回到历史上的城墙下时，看到了许多自己的同类，这些同类和一些底层劳动人民一样瑟缩在角落，甚至有些在跟流浪猫抢老鼠吃，他们之所以不吃猫，是因为第一个吃猫肉的人告诉过他们，猫肉是酸的不好吃，不然他们肯定会像听从第一个吃螃蟹之人的话那样，将河里的螃蟹捞尽的同时也会把猫抓光，也不至于会让流浪猫有"非法集会"的机会。

猫很同情这些同类，很想将它们带回到几百年后。但它只能在心里想想，却无法付诸行动，因为这些产自中国的猫显然无法适应几百年后杂交猫的世界，而且它自己就是这种杂交的产物。即使能够将它们带回到现在，也肯定无法取悦那些崇洋媚外的人，当这些人一看这些猫长得如此之丑，肯定会嫌弃它们，那留给它们的路只有一条，继续做回流浪猫，然后翻遍整座城市的垃圾堆，发现再也无鼠可捉，因此与其在几世纪后做一只捉不到老鼠的流浪猫，不如就停留在历史上做一只自由自在还能捉到老鼠的流浪猫，流浪嘛，在哪不是流，在哪不是浪，在历史中流浪起码不会被饿死。

猫很快打消了此念，而且也不敢在这里停留太长时间，因为它的这些祖先虽然不受人类的恩宠，但起码饿不死，而它留在这里只有死路一条，它的捉鼠技能早就退化了，现在变得跟一只圈养的老虎还温顺老实。所以它依依不舍地准备最后看一眼这些可怜的同类，然后就要回去了。历史上的城墙对它来说太高了，就是这些高墙的建造才在某种程度上延缓了历史的进程，从而导致几百年后才有它，否则的话，它就能提前来到这个世界。

就在它准备回去的当儿，突然闻到一股浓重的尿骚味，只是通过这股尿味，它就能断定一定是只颇有姿色的母猫撒的。所以它很快就把持不住了，沿着城墙疯狂地寻找这只拨动它心弦的母猫，别的流浪猫看到它这种样子，吓坏了，纷纷给它让路。它来回找了好几遍，一无所获，然后把视线放到这些流浪猫身上，想看看那只母猫是否藏匿在此。不过它很快失望了，这些乞丐似的流浪猫堆中怎么可能有这么清新脱俗的母猫。于是它将注意力放到了别处，别处是城楼门，士兵已经在换防了，起早贪黑的摊贩也在两侧摆起了售卖品，有糖葫芦，吹糖人和一些极受劳苦大众欢迎的猪下水。

这时，它才知道，尿骚味传自几百年后，于是在贾真真怀里的这只猫很快就清醒了，睁开眼睛看到了天桥下川流不息的车辆，环境虽然已经变了，但眼前的尿骚味依旧不绝如缕，说时迟那时快，它像噌吰的钟声一样突然，喵的一声跳下了天桥。

12

贾真真终究没能战胜手机上瘾症，在她发完朋友圈的那刻她就后悔了，而且寥寥的几个赞更是让她感到无地自容，直到这时，她才明白过来，互联网的发明非但没有拓展地球的边界，反而还挤占了每个人本来就不大的空间。她一直以为，人类若想窥破宇宙的奥秘，只要一部手机就可以实现。现在想来，真是痴人说梦。

可以说，她四年的大学生活几乎都被互联网所控制，以至于对现实世界的了解还处在蒙昧无知的状态。她靠虚拟现实了解世界，从而忘记了古人所说的"读万卷书行万里路"。她觉得网络的发明可以让她省却很多无用功就能成为自己想成为的人，每当要了解某本书时，以往的做法是把书从头到尾看一遍，但现在因为有了网络，她就可以省时省事地在网上看个内容简介就行了，然后依靠这种极度浓缩的文字也可以将整本书的内容讲得头头是道；至于看电影就更简单了，她现在显然也无法认真看完一部电影，为了使自己看起来不那么粗鄙，她在网上看几篇言过其实的影评也可以大致了解一部电影的内容。

既然有如此省事的办法，谁还会去当一个傻子。

此外，她还通过互联网了解现实，每次在网上看到国家一片祥和的新闻时，她就会觉得自己的国家是这个世界最安全的地方，丝毫不知道其实还有许多普通民众生活在水深火热之中。当然，她毕竟是一个大学生，还是具有一点独立思考的能力的，虽然这种能力微乎其微。这种能力一般被她运用在地域中，众所周知，网民鱼龙混杂，涵盖着全国各地的人，他们一般会为了褒扬自己的家乡而故意贬低别的地方，比如擅长经商的南方人轻视政治情结过重的北方人，富庶地区鄙视贫穷地区，在网上诸如此类的嘴仗不胜枚举。

每当贾真真看到自己的省份被人夸时，就会感到由衷自豪，每当她看到自己的家乡被人骂时，也会匿名用一些所谓客观公正的观点为自己的省份辩护，最后以一句"哪里都有好人坏人，千万别一棍子打死所有人"这种话做结尾。其实，这种地域歧视也不是当下才有的，而是从春秋战国时期就有，比如嘲笑宋国人的《守株待兔》，讽刺郑国人的《买椟还珠》，都是通过贬人的方式试图达到教育目的。所以，既然有这些古人为贾真真做后盾，她运用这种嘲讽技术更是炉火纯青，毫无思想包袱，尤其让她感到开心的是，在这些先秦诸子的笔下，好在没有嘲讽她故乡的寓言，却不知道当时她的故乡还是蛮荒一片。

网络有时就像高超的修图技术，总会美化很多东西，但有时又像大染缸，总会黑白颠倒。前者之所以具有美化的作用，是因为有人在背后操控，这在一些新闻报道上可见一斑；至于后者，因为不影响大局，所以不管如何黑白不分都无所谓。而且很多时候，美化的东西恰恰才是不分黑白的。不过贾真真当时并不知道这两者的区别，还因为染缸的出现去反证当下美好的环境。

当贾父打电话告诉她，村里的猪圈都被强行拆除时，她还以为父亲在开玩笑。

这是一件表面打着环保旗帜，实则暗中贪污受贿的腐败案。起因是为了还村庄一个山清水秀，就把排污严重的猪圈给拆了，本来每拆一个猪圈就要相应补贴一些钱，但执行者看到其中有利可图，就把每家补贴的钱从中克扣大半，导致许多养猪大户极为不满，最后甚至闹到县政府，并用自焚的极端方式妄图上达天听。农业部最后看到事情闹大了，就收回了拆猪圈的文件，并安抚那些养猪大户道："这个文件还在论证阶段，因为被破坏分子利用才损害了你们的利益。"静坐在县政府门口的养猪大户得到这个通知后，都回家去看破坏严重的猪圈，发现不仅猪圈破坏了，猪也被拉走了，损失不可谓不大。

贾真真："爸，你骗人吧，我怎么没看到新闻？"

贾父："傻瓜，这些事新闻怎么会报。"

贾真真："我还是不信，政府哪会如此野蛮？"

最后贾父把拆猪圈现场的照片发给女儿后，贾真真才将信将疑。看到这些照片，她想起了前段时间网络集体下发的一个通知：传谣造谣要刑事拘留。她吓坏了，赶紧把这些照片给删了，然后正告父亲别多管闲事。删掉照片后，贾真真很快就忘了此事，继续泡在海晏河清的互联网上。

因为在虚拟的网络待久了，所以贾真真一旦在现实中看到一些丑陋事件就会很吃惊，而且这种事件还会在无形中冲击她固有的观念，导致最后造成精神分裂，不知道该听哪一方。其实她大可不必如此纠结，网络也并不是所有东西都是虚假的，现实中也绝非所有都是黑暗的，光明的配方其实很简单，去掉一点网络的虚假加上一点现实的真实，就等于光明。

但贾真真当时还没学会用这种眼光看问题，她当时就像一个小孩，总要在每个人身上分出个好坏，却不知道世界上其实并没有真正的坏人，也没有真正的好人，一个人只有同时具有好的一面和坏的一面才算一个真正的人——网络与现实同样如此。所以当她无意间听到小小的一个学生会竟然也充满了派别之争时，就比听到猪圈被拆了还震惊。

体育部："身体强壮好过心灵修炼。"

文艺部："身体强壮没有修炼心灵就是大老粗。"

体育部："你敢吃我们的拳头吗？"

文艺部："你敢考我们的试题吗？"

就这样，体育部一直用拳头宣示自己的主权，而文艺部却用文艺划分势力范围。当体育部摩拳擦掌时，文艺部却在背诵子曰诗云，最后变成练拳的练拳、吟诗的吟诗，反正体育部的拳头没有落到文艺部的头上，而文艺部的诗歌也没有进入体育部的耳朵。后来，学生会主席想到了一个调解纠纷的好办法，让体育部给文艺部教拳，让文艺部给体育部教诗，最后大老粗的体育部也有了文艺气质，而瘦小的文艺部也有了健儿雄风，真正达到了内外兼修。

贾真真不仅没有想到学生会的各个部门会发生矛盾，更加没想到看起来毫不相干的两个部门也能用这种方式互相渗透。所以后来她再看网上的国际新闻时，就习惯了，国际新闻中一会儿跟日本达成联盟抵制俄国，一会儿又跟俄国结盟防御日本。本来之前她还奇怪国家大事怎么像过家家，一会儿跟那个好，一会儿跟这个好，还把这种现象联系到婚姻上，认为当下的婚姻之所以如此不牢靠，一定是被这种风气带坏的。

就像国家与国家之间可以为了利益和好或闹掰一样，男女双方照样可以因为利益或结婚或分手，某些国家之所以还跟另外的国家关系这么铁，是因为利益使然，某些夫妻之所以现在离婚了，还是因为背后的利益在驱动，甚至可以说，利益是达成国际战略合作的前提，利益同样也是维持婚姻关系的保证。

贾真真明明相信这个理论，但却不敢将它联系到自己父母身上，更加不敢联系到自己国家头上。不过即便如此，她还是对自己的父母很有信心，不过这种信心在多年后随着国家放开二胎政策而彻底化为齑粉。

她的父亲在二胎政策下看到了渺茫的希望，以为终于可以实现这辈子当爷爷的愿望了，因为政策允许他可以再生一个男孩了，但他却忘了，他的种子还没发霉过期，他老婆的地却没有办法再播种了。所以他就抱着商量着办的心态跟他老婆提出了包养情人的决定，而且再三强调他此举不是为了自己舒服，而是真的为了生一个儿子，由于生儿子必须要经过做爱，所以这种舒服只能是附加的，而不是他的终极目的。

没想到他的老婆一听，差点把他的耳朵揪断。贾母是个温柔的女人，不过她的温柔也是有前提的，那就是自己的利益不受侵犯，否则她会比一只急了的兔子还可怕。抱着试试看的贾父也没想到老婆会有这么大的反应，从那以后再也不敢当面提这事，只敢在心里想想，每次看到年轻女人，准备上前搭讪时，摸摸腰包后才发现财政大权都归老婆掌管，没钱可包养不到情人。每到这时，站在县城街头打量着过往女子的贾父才会深刻明白一个道理：

"钱真是可爱的混蛋。"

13

贾真真看到猫跳下天桥后，后悔没有学习猫语，不然她现在就可以叫猫回来。现在她在天桥上呼唤猫的喊声，非但猫听不懂，猫在车顶上的喵声，贾真真也听不懂。她对出现在自己身边的"巴别塔现象"感到不知所措，并在心里后悔不该带猫去结扎。但说什么都晚了，贾真真只好死马当活马医，学着故乡猫语者的样子，试图与猫对话。因为年岁久远的缘故，她的猫语学得笨拙又好笑，不知道的人还以为她在夜里发癔症。

说猫语确实很像癔症发作，所以小时候的贾真真第一次见到讲猫语的那个老人时，真的被吓坏了。她以为这个老人也跟她的小学同学一样，好端端地坐在教室，突然就口吐白沫，浑身发冷，从那以后再也没办法上学，每天待在家里，病情时好时坏，他的父母开始了长达数年的求医问药，当发现这种病确实连大罗神仙都束手无策时，终于彻底死心，每天看着儿子想不明白自己上辈子究竟造了什么孽。

那个时候，每家只能生一个男孩，如果生女孩的可以多要一个，所以他那悲伤过度的双亲也就断了再为人父母的念想，随着二胎政策逐渐放宽，才想起再要一个为时未晚，于是去县医院将节育环取下，时刻为再生一个而努力着，好在功夫不负有心人，没过几月，他的母亲真的怀上一个经B超检验为男性的大胖小子。当小儿子开口说话时，指着这个发癔症的哥哥问父母是谁时，他的父母就会说一句让很多人不满的话："这是乞丐。"

不过这个老人在发完癔症后并没有神志不清，还是能认出这个每天上学从她家经过的贾真真。于是贾真真就很好奇，每次碰到这个老人都想问个明白，但又不好意思开口，在那个六年级期末考结束后的傍晚，她终于壮着胆子走到在菜园里摘豇豆的老人面前，她学着自己家人那样，每次有事问人家时，总会先扯几句闲篇，所以她看到老人在摘豇豆，就准备以晚饭作为切入口："老奶奶，你家的四季豆长得好长啊。"

老人一听乐了，情知这个小女孩将豇豆当成了四季豆，不过她没有责怪这个农民的女儿，因为这两种豆确实长得很像，于是就好心地告诉对方："小姑娘，这不是四季豆，这是豇豆。"

贾真真转动着一双好奇的大眼珠，感到很奇怪，这明明就是四季豆，为什么老奶奶非说是豇豆，而且以她当时的识字量，哪里认识这个豇字。因此贾真真就有些生气了，装作不理老奶奶的样子，准备回家吃晚饭。

老人叫住了她，耐心地教她区分四季豆和豇豆，告诉她四季豆短，两头尖，豇豆长，两头圆，说了半天，贾真真还是不明白，即使把这两种豆放在她面前，她还是觉得是同一种，并且噘着嘴不服气地反驳对方，这明明就是揪断了的四季豆，别想骗人。老人觉得有些枉费唇舌，不太愿意再搭理这个脑子不灵光的小女孩，末了看到气鼓鼓的贾真真，觉得不教会她，自己倒真成了老骗子了，于是继续硬着头皮让小女孩除了长短外，仔细看看两者的纹理和粗细，不要觉得都是绿的，就把两者混为一谈。

贾真真睁着好奇的大眼睛瞧了半天，还是没瞧明白，这个笨小孩还以为能跟她父母一样，随便扯完几句闲篇就能顺利将来意开门见山，没想到她陷在这页闲篇中忘记了自己的真正目的。不过她很快也察觉出了不对劲，这还没到上生物课的时候呢，为什么她要知道这些豆的区别，地里种的豆子多了去了，难不成她都要认识它们啊。所以这个老人的耐心还没失去，贾真真自己却先没耐心了，然后紧了紧书包带，提了提溜肩的书包，书包里文具盒中各种文具打架的声音就这样差点震碎了老人的耳膜。

"就像芭蕉和香蕉的区别，"老人终于知道怎么教她了，

"芭蕉就等于短的四季豆，香蕉就等于长的豇豆。"

往前走了几步的贾真真一听，回过头来冲老人"噢"了一声，这个榆木疙瘩终于开窍了。因此当她在中学的第一节生物课上认出这两种豆时，生物老师着实对她另眼相看。开窍的贾真真在"噢"的同时也想起了自己的来意，这次她没再犹豫，因为她觉得闲篇扯得够长了，是时候说明来意了，所以她对着摘了一围裙豇豆的老人问道："老奶奶，你那天怎么了？好吓人啊。"

老人一听，又乐了，她就知道这个小女孩找她说话肯定不是为了什么豆子，原来在这等着她呢。她已经摸清了对方的习性，知道单靠上下两片嘴唇说，对方一定又不相信，于是将小女孩领到自己家里，指着一只在榆木太师椅上睡觉的猫说："我在跟这只猫说话呢。"贾真真一听，下巴都差点惊到了地上，她不明白人怎么能跟猫说话。老人见她不信，又引她去看八仙桌底下，贾真真弯腰将头伸进去，看到桌底下躺了几只死老鼠，更加奇怪了，然后转身盯着老人不知道这两者有什么联系。

"我叫猫捉老鼠，"老人说，"最近家里的老鼠太凶了。"

"猫会听你的？"贾真真问，"我家的猫可没这么听话。"

老人告诉贾真真，普通人确实叫不动性情孤傲的猫，但要是能讲猫语就不同了。猫非常听猫语者的话，让它干吗就干吗，一定不会像个大姑娘一样扭扭捏捏，更加不会像有钱人那样，眼睛长到天上，不用正眼瞧人。

"猫语？"贾真真问。

"对，就是猫的语言。"老人说。

"可是猫不是只会喵喵喵吗？"贾真真问。

"喵就是猫的语言，而且每一句喵都代表不同的意思。"老人说。

贾真真一听，更加好奇了，晃着老人的胳膊非要让她教她猫语。讲猫语是老人的看家本领，她不想随随便便教一个毫不相干的女孩儿。要教也可以，一定要先拜师，然后才能正式教，而且学会猫语非一日之功，如果没做好吃苦的准备也不行。不过老人心里还是很高兴的，她原以为这项本领会在自己身上失传，没想到在这个时代还有对猫语感兴趣的人。想到这，老人又感觉有些心酸。

说猫语的历史最早可追溯到唐朝，由一个女道士最先学会，那个时候由于猫语可以利用在战争和城市建设中，所以学猫语繁盛一时，但后来随着医学的发展，猫语者就退出了历史舞台，改为私下传授，慢慢成了一门无人知晓的学问。

唐朝时，猫语者在战场上可以通过跟猫对话，就能提前获悉鼠疫的源头，从而最终将鼠疫源头扼杀在萌芽中，顺利挽救千千万万的士兵。因为猫作为老鼠的天敌，最先知道鼠疫的发源地。每次战争过后在废墟中重建城市时，猫也能告诉建设者，哪个方位聚满了沾有病菌的老鼠，让人们先灭鼠再建城。

据悉猫语者为建造北京城出了很大的力，对一些河道的治理也功莫大焉。

这个老人在旧社会靠讲一口猫语勉强能糊口，因为那时的医疗条件尚欠发达，但自从中华人民共和国成立后，她这种带有神秘气息的本领就成了众矢之的，许多知道她这种本领的人举报她宣扬封建迷信思想，好在当时除她之外没有其他对质者，所以她有惊无险地渡过了重重难关，直到改革开放后，才摘掉这顶大帽子，不过心有余悸的她再也不敢随便说猫语了。

那天要不是看到家里的老鼠确实多得不像话，而且家里也没养猫，这才在大白天冒着再次被人揭发的危险召唤猫来家里捉老鼠。现在这只睡在榆木太师椅上的白猫，在每天固定的时间捉几只老鼠后，就赖着不走了，而且每次还用捉到的老鼠向猫语者讨赏。

老人也知道这只猫心里打的算盘，它不想一次性捉完老鼠，因为要是捉尽了老鼠，那它就会被猫语者赶出家门，只有每次捉几只，但不赶尽杀绝，它才能长时间地待在猫语者家里过上这种吃完睡，睡完吃的好日子，不然它在野外只能每天来回奔走，不仅睡觉的时间不够，而且连肚子都填不饱。

老人一直想将这种本领传给别人，也在暗中观察过谁有学习猫语的资质，但几年过去了，还是没能找到适合的接班人。就在她准备将这种本领带进棺材里去时，没想到贾真真这个小女孩对学猫语颇感兴趣，于是老人打起了十二万分精神，将学猫语的要诀一字一字教给这个小女孩。

说实话贾真真刚开始确实对学猫语很感兴趣，但自从她知道学会了猫语只能指使猫去逮老鼠时，就觉得没劲了，却不知道倘若学会了猫语，就可以叫猫去做人不能做猫却能做的坏事，比如让它去偷钱或者去咬人。不过这些事对当时年幼的贾真真来说确实有点远，她学习的最大动力只是为了好玩，如果比读书还累，那她就会果断放弃，毕竟读书累起码还有奖励，而学猫语累死了也不见得会有人给自己颁发一张奖状，要是被父母发现了，说不定还会打断她的狗腿。因此当这个老人晚饭都没来得及做，还在不停地跟她说学猫语的要诀时，贾真真已经在打哈欠了，而且好几次回头去看门外，发现天黑了，她饭都还没吃呢。于是贾真真就扯了个谎，让老人明天再教，她吃饱肚子才能学得更快，再说现在刚考完期末考，暑假她有大把时间学。

老人一听，觉得有理，她确实太着急了，以至于想用一个夜晚就让贾真真学会，这又不是武侠小说，输个把时辰的真气，就能把一身本领都传给对方。意识到心急吃不了热豆腐的老人只好先让贾真真回去，明天一大早过来继续学。贾真真口头答应着好的，一出门连招呼都没打就没影了。

第二天老人起得比太阳还早，站在门边盼着小女孩的到来，但夕阳落山了，小女孩的鬼影都没见到，以为对方忘记了，或者没能找到自己的家门。好在她知道小女孩的家在哪，于是两手空空就登门拜访了。

贾真真的父母当时在屋檐下跟一群泥腿子聊今年的收成，看到这个从不跟他们来往的老人过来，还觉得奇怪，一问才知道对方是来找自己女儿的。

"我家小妮子是不是做了什么坏事？"贾父问。

"没，没。"老人赶紧解释。

她不敢说出自己的真正用意，所以她扯闲篇的时间长得让贾父都觉得有些过分了，最后他见对方实在不想说出到底所为何来，只好憋着火告诉这个老人，"我会告诉贾真真你老来找过她。"老人致谢完后，一步三回头地回去了。贾父越想越不对劲，赶紧把在别人家看电视的女儿叫回来质问：

"你是不是又偷摘了谁家的果子？"

贾真真拼命摇头。

"那就是把人给打了？"

贾真真还是摇头。

"考得不好？"

贾真真一听笑了，告诉糊涂父亲，考差了家访的应该是班主任才对，跟那个老奶奶有什么关系。贾父觉得在理，就没再多问，以为那个老人癔症又发作，脑子不清楚了。贾真真看到父亲不问了，赶回别人家继续看电视，发现自己错过了大半集，隔空骂了一句一语双关的脏话："这老不死的，瞎耽误事。"

　　站在天桥上的贾真真想起小时候不懂事的自己，悔得肠子都青了。她从没有想到，小时候自己对猫并没有什么感情，甚至见到这种烦人的玩意儿，还会打心底里厌恶，为何现在却能把猫当成自己的小孩。恶猫情绪是她的父亲传染给她的，每次父亲看到在院墙上叫春的猫时，都会想办法用蛇皮袋捕捉它，然后高空坠下，等到死透了才会放进开水里拔毛，边拔还会边骂：

　　"看你还敢把男人的命根子咬断不？"

第五章

14

最让贾真真无法接受的是林闯居然没有给她那条朋友圈点赞，要知道她昨天才让他陪自己去看病。她早已加了林闯的微信，虽然还是没怎么说过话，但这个举动就说明贾真真将他当成了自己人，当成了微信一族。既然早已不是玩QQ空间的幼稚小孩，那他理应为自己的朋友圈点赞，甚至留言都不为过。现在刷遍朋友圈，不仅没看到对方发过什么只言片语，就连自己拍的照片对方都视若无睹，这和现实中对她上心的林闯可不像同一个人。

因此贾真真便怀疑林闯将她屏蔽了，这个想法让她脊背发凉，就如线上线下的林闯不像同一个人，她难道在手机上和在现实中也不像同一个人？所以林闯才会只喜欢现实中的自己，对线上的自己反倒不屑一顾。她没有料到林闯居然喜欢一半的自己，对另外一半却嗤之以鼻，要知道只有这两半加起来才是真正的贾真真。

为了试探对方是否真正将自己屏蔽了，贾真真这次一改以往与林闯短信联系的习惯，直接用微信跟对方说话。但她依旧不知道该如何开始，昨天短信联系他时，就让她面有难色，现在更加不知道用什么句子才能拿捏好尺寸，把握好火候，所以她看着林闯的微信头像，每打一个字都觉得不合适，最后只好盯着林闯没有图片的头像发呆。

林闯的空白头像同样让她诧异，她想破脑袋都想不通一个大学生为什么不装饰自己的头像，而且点进对方的朋友圈，也是一片空白。这让贾真真愈加胡思乱想，她觉得林闯这个人太可怕了，她简直无法知道他到底是一个什么样的人，虽然许多人在朋友圈都会伪装自己，但遇到连装都懒得装的林闯，一向自诩颇通人性的贾真真真有些无所适从了。

这和现实中的林闯真不像一个人，毫不夸张地说，贾真真只要知道了林闯的出生日期就能一眼看穿现实中的林闯在想什么，因为林闯在现实中的行为一定有范本可供参照，这就是对绝大多数人都通用的星座学，只要知道了对方的出生日期，就能相应掌握对方所属哪个星座，然后将这个星座的主要特征不管合不合适、别不别扭都对应在对方头上，最后就能大致了解这个人的性格。可以说，星座学在贾真真就读大学期间，早已取代了见面问人家籍贯的习惯，让彼此通过星座就能了解双方。

但自从微信发明以来，贾真真意外发现星座学有些落伍了，通过观察微信里的每一条朋友圈，她惊讶地发现一个金牛座的人居然也有水瓶座或天蝎座的特征。所以从那以后，她在朋友圈里不再用星座学去判断一个人，而是直接通过这些过分美化的每一条朋友圈了解他们。可以说，她是用看网上新闻的眼光去看这些朋友圈的，最后当然也会得出同样的结论：即每一个微信朋友都过得很好，都对未来充满希望。

不过在现实中，贾真真依旧通过星座学了解每一个人，每次结交新朋友时，首先开口问的必定是对方是什么星座的，碰到不了解星座的人，贾真真就会问他们的出生年月，然后在心里像默诵九九乘法口诀一样，将其出生年月对应到所属星座中，如果感觉这个星座很好，就会大喊一声："哇，看不出来啊，你原来是个情种。"若是发现这个星座不太好时，还是会大喊一声："咦，看不出来你居然是这种人。"被贾真真称为情种的人一听笑了，他确实是个情种，所谓情种情种，是始于发情，终于播种，也就是说每次他确实同时对许多女人发情，但始终没有一个女人同意让他在自己身上耕种，所以他的这粒情种一直没能生根发芽，开花结果；另外的这个人听到贾真真说这话，以为自己做好事被发现了，当即感到难为情，贾真真见状以为他在反省自己，于是拍拍对方的肩安慰道："没事，人非圣贤，孰能无过，知错就改，善莫大焉。"

随着话题的增加，这个被称为情种的男同学内心的情欲之火又被点燃了，他以为终于找到一个同意与他共同培育这粒种子的另一半，于是看贾真真的眼神都有些迷离了，就像沾染上雾气的车窗一样，贾真真一看，不好，要坏事，赶紧借故走了。而这个被贾真真当成迷途知返的坏人听到贾真真这番话后，更加疑惑了，以为现在的网络用语已经发达到可以普遍正话反说的程度了，就像"精辟——屁精"一样，当贾真真意识到自己冤枉了对方时，立即惭愧遁走。

对于林闯，贾真真除了知道他是新闻系的学生和他的名字以外，其余一无所知。而且连她自己都感到奇怪，她对别的男同学的那种自来熟的习性为何一遇到林闯就变成了自来生。昨天在去小诊所的路上，明明好几次想开口问他的出生日期，又怕对方误会是不是到时要给他过生日。买完药的路上也想开口问来着，还是因为同样的原因一直没能说出口，直到接到父亲那个让她大学别谈恋爱的电话时，她才彻底没再纠结此事。

父亲的电话让她感到非常奇怪，若是在刚上大学时说这种话，她会觉得情有可原，但现在眼看大学都要毕业了，许多人不要说恋爱，就是胎都堕过无数回了，父亲还跟她说这种话就让她有些摸不着头脑了。于是她在电话里跟父亲第一次发生激烈的语言冲突，最后还骂他老封建，林闯看到她接完电话后，病情好像加重了，吓坏了，好几次表示要去大医院看看，说不定小诊所里的都是庸医，会耽误她的病情不说，开的药还会让她产生副作用。

贾真真情绪稳定了些，告诉林闯她没事，只是接到一个恶心的电话，等一下就好了。话是这么说，但林闯还是感到很紧张，在寝室楼下与贾真真分手时，还目送着她上楼，直到看到五楼的那间寝室的灯亮了，才慢慢回到自己的寝室。

回到寝室的贾真真才意识到自己刚才真是急红了眼，居然忘了最重要的事，她还不知道林闯到底生于哪个月份，究竟是草长莺飞的春天还是雪花飘飘的冬天，抑或是酷暑的夏天也可能是凉爽的秋天，如果是春天的话，那么率真的白羊座和内敛的金牛座都是不错的星座，倘若是冬天的话，善良的摩羯座和执着的双鱼座也还不错，千万不要是夏天和秋天，因为她对这两个季节中出现的任何一个星座都没有好感，哪怕她自己就出生在夏天。

由于不知道林闯的生日，所以贾真真只好排除十二星座里的大部分星座，只保留白羊、金牛、摩羯和双鱼。对于羊和牛就不用说了，从小生活在农村的贾真真非常了解这两种牲畜的脾性，皆为勤恳踏实的代表，现在的问题是她不知道摩羯到底是一种什么样的动物，当她上网查到摩羯原来是希腊神话中宙斯座下的一个神，头部似羚羊，身体与尾部像鱼时，终于一拍大腿，欣喜地发现她所遴选的这四种星座中，除了金牛座，其余三个星座均和羊鱼有关，而且鱼羊不正是汉语的鲜字吗。

看来真有冥冥中注定一说，所以本来还对林闯没什么好脸色的贾真真立即改变了看法，转而对他抱有强烈的新鲜感。林闯也顺利成了一个鲜货，而贾真真又恰好最喜欢吃鱼虾、螃蟹、扇贝等海产品。要说世界上有什么食物最新鲜，除了这些海产品，贾真真就再也不知道还有什么食物也能加入新鲜的行列了，丝毫忘了每天去食堂吃的饭，要是不新鲜的话，她怎么能顺利念到大学毕业，早就因为食物不新鲜而送去紧急治疗了。

虽然找到了这四种疑似的星座，不过因为每个人只能有一个星座，所以贾真真不能把这四种都强加在林闯头上。于是患有选择性困难的她又犯起了难，不知道该把哪个星座赐予林闯，每一个星座看起来都那么完美，无懈可击，真真让人头疼。此时的贾真真就像一个神通广大的造物主，想让谁幸运就让谁幸运，想让谁倒霉便让谁倒霉，只不过她的子民等待的时间会漫长点，虽然她神通广大，但因为有选择性困难症，不知道何时幸运之神才会降临到他们头上，搞不好可能因为选择的时间太长，导致造物主眼花缭乱，最后误将霉运带给他们也说不定。

贾真真纠结了很久，最后为了避免出错，还是决定通过微信问清楚，哪怕最终答案不在自己选择的范围内也无所谓。

"人非圣贤，孰能无过。"贾真真咕嘟道。

15

天桥下的猫与天桥下的车辆在贾真真眼里逐渐融为一体，她已分不清那些绿光到底是从猫眼里发出，还是来自车灯，尤其在拥堵的车辆终于得到疏通时——堵成长龙的车辆在红绿灯变绿时，好像也将红车灯切换成了绿车灯——漆黑的夜空在这些灯光的照射下俨然成了一个劲歌热舞的舞台，只不过由于歌手还未登台，稍微显得有些冷清，她那只淘气的猫眼见于此，终于通过跳跃的身姿让贾真真发现了它。

只见这只不怕死的猫跑得飞快，甚至可以说车有多快，它就有多快，不过还是让眼尖的贾真真发现它并没有动，而是因为站在一辆开动的车顶上所以才觉得在动。将目标锁定后，贾真真心里就不怎么慌了，也知道自己说的猫语确实没有任何效果，因此她只要盯住这辆车就能相应知道猫的位置。于是，她跑下天桥，沿着人行道一路狂奔，车最后行驶进了一个小胡同，她那只拥有绿眼的猫也旋即跳下车顶，一头钻进了胡同。贾真真看不太清车子，只能通过车灯判断车的踪迹，当车拐进胡同时，又通过猫眼发出的绿光最终让她看见了猫。

这个胡同的两边是一些破旧的四合院，里面住满了一些等待拆迁的住户，这些住户仗着有四合院，整天在胡同口颐指气使，不是将前来卖冰糖葫芦的小贩赶走，就是成心吓唬一些慕名而来的观光客，他们就像古希腊神话中看守金子的龙，看守金子的龙并不知道金子的用处，就像他们守着拆迁遥遥无期的破院子一样：只要四合院一日未变成人民币，他们这些人民就一日无法住进高楼大厦过上好日子。

他们非常厌恶外来者，认为正是这些外地人败坏了这座城市的风气，不是让物价飞涨，就是造成交通堵塞，丝毫不知道如果没有这些外地人，他们的四合院哪会如此值钱。贾真真对这种胡同心有余悸，因为在她刚刚进入这座城市到一些胡同游玩时，由于尿急找了许久都没能找到厕所，最后终于在一个偏僻的建筑工地旁找到了公共厕所，贾真真一进去就想出来，因为她没想到北方的厕所居然没有门，如厕之人在里面毫无隐私可言，虽然进女厕的都是女性，但也够让贾真真别扭了。所以本来要大便的贾真真只能改成小便，尤其对面坑位上还蹲着一个一直盯着她看的老女人，更是让她当即就想逃之夭夭。走出厕所后，又碰到几个不怀好意的建筑工人冲她吹口哨，她一路狂奔到马路边，当看到沿街热闹的商铺时，才彻底放心。

因此当贾真真追随猫的足迹又进入一个胡同时，对胡同的不良印象立即在脑海挥之不去。要不是看在猫的分上，说不定贾真真二话不说就会转身离开，而不是被一个起夜的女住户拉住问东问西，怀疑她是小偷。贾真真再三解释她是来找猫的，这个女住户才最终松手，然后边走边提着裤腰带进厕所。贾真真赶紧继续往前走，这个胡同既深且弯，她只能通过每扇门上的门牌号知道自己深入的程度。

走了几百米，贾真真终于在门牌号"108"前看到自己的猫，这扇门前放了一个巨大的石碾，猫趴在石碾上一直冲贾真真叫唤，好像它脚下也守着一堆金子。贾真真的鼻子很好使，闻到了石碾上的猫尿味，她以为是自己的猫撒的，就从双肩背包里拿出纸巾给它擦屁股，但一直顺从主人的猫这次却死活不让贾真真近身，当她听到一声来自胡同深处的猫叫时，贾真真才明白原来是别的猫撒的。贾真真看着石碾，想起了小时候听父亲说的一个故事。

贾父在贾真真小时候，一直给她讲床前故事。奇怪的是，平常说话磕磕巴巴的父亲一讲起故事就犹如行云流水，活脱脱一副说书人的模样。贾父走到年幼的贾真真床前，帮她掖好被子后，就开始讲述一个关于石碾的故事。

话说在旧社会，村里有一个欺行霸市的地主生了一个纨绔子弟，这个纨绔子弟年纪轻轻便染上了毒瘾，每天晚上都呼朋引伴到家里共享大烟。地主由于老年得子，所以对儿子格外溺爱，只要他想吸，花多少钱都愿意，而且家大业大即便每天把大烟当饭吃也没事。如果只是一个人吸，确实对地主家的资产没什么影响，但金山银山也架不住群吸，因此地主家很快被吸穷了。等到地主想要制止时已经来不及了，他的儿子已经和大烟共生共荣了，为此地主只能让儿子一个人吸，恕不再供养其他人。其他人见状，逐渐与地主的儿子断了来往。虽然一个人吸没有众吸热闹，但地主的儿子还是无奈同意了父亲的决定。

时间到了中华人民共和国成立后，地主死了，地主家的儿子也老了。小地主的身体没有完全被大烟掏干，而是也留下了一双儿女。这对儿女在小地主临死之前遇到了难题，那就是小地主一直从病床上惊坐起，手里做着捻的动作，还把烟枪在桌上来回碾压，桌上的饭粒都被碾烂了。儿女不解其意，还以为父亲毒瘾又犯了，只好用卷烟代替，因为新社会有两样东西都不见了，一是娼妓，二是大烟，他们不知道上哪去找大烟给这个老不死的吸。但看这个小地主的样子，好像并不是要吸什么大烟，手还是在桌上做着捻的动作。

女儿仔细一瞧老父这个动作，终于明白了，这不是烙饼的动作吗？原来吃惯山珍海味的父亲是想吃烙饼了。于是女儿赶紧去厨房升火擀面，忙活了半天，终于烙了几张烙糊了的饼，然后端进父亲的房间，嗓子被烟呛坏了也来不及咳嗽，赶紧让父亲趁热吃上一口。老父一看，操起烟枪一把将烙饼打落在地，然后依旧做着捻的动作。

儿子这时也明白了，父亲不是想吃烙饼，而是想吃面。于是儿子也进厨房忙活了半天，做好了一碗坨得不成样子的面，兴冲冲端到父亲面前。父亲一看，更生气了，一口气没上来，活活被自己的孝顺儿女气死了。

父亲死后，儿女们想了很久都没想明白父亲临终前的用意，最后只能互相安慰道："老不死的老年痴呆了。"

等人民公社进行到如火如荼的阶段时，这对儿女才会知道父亲真正的用意，不过那时已悔之晚矣。因为人民公社奉行大锅饭政策，所以家家户户都不能私自开火，而是要把锅碗瓢盆等炊具悉数上交。等到别人来他们家催缴炊具时，这对儿女因为是地主家的后代，为了在红旗下能脱胎换骨重新做人，所以早就把家里的炊具都一并上缴了。来人为此很满意，没想到地主的后代也有如此觉悟，但来人也没有全信，而是找遍了他们家的每一处角落，看看有没有故意留下什么东西，要知道地主有时可比狐狸还狡猾。

找了几遍，确实没有发现私藏哪怕一双筷子，因此来人才彻底满意，看来新社会就好比一个精明的猎人，不管如何狡猾的狐狸都有办法对付。来人负着手准备离开时，看到院子里有一个巨大的石碾，质问这对儿女："石碾怎么没上缴？"

儿子："石碾很重，我们搬不动。"

女儿："其实是因为新社会用不上这种原始的石碾都改用机器了，所以……"

来人不满这个儿子的话，但对这个做女儿的话却很中听，然后转动着眼珠想了半天，不行，还是得上缴，既然他们搬不动，那就让别人来搬。地主的后代手无缚鸡之力，工人阶级可是一身力气没处使，主意打定，当即叫了几个工人过来，合力将石碾搬到公社食堂去，几个工人吆喝着慢慢将石碾抬起来，准备搬上驴车，当石碾搬离地面时，只见一阵金黄的光芒差点闪花了在场的所有人。

地主的儿女一看，立即面如死灰，原来石碾下藏了许多金银珠宝，古董字画。这时这对后知后觉的儿女才明白父亲死前的用意，原来是告诉他们，石碾下藏了金银，让他们赶紧挪到一个安全的地方，千万别被人发现。但说什么都晚了，先不说这些金银还能否属于他们，有可能还会成为他们改造不彻底的罪证。没想到最后不幸被他们言中了，这些金银真的成了他们的罪证，当他们分别被剃着阴阳头沿街游行时，一定会想起自己的父亲。自己的父亲虽然一生嗜烟如命，但起码还知道留一手，而他们居然比抽大烟的"黄世仁"还不如。

贾父并没有跟年幼的贾真真说。贾真真是后来用自己的想象补上了这个结尾。现在她在城市的胡同再次看到石碾时，第一个反应就是想挪开石碾看看下面是否也藏有金银，不过随着上厕所的人越来越多，她没敢多作停留，而是抱起猫转身继续走在了前往宠物医院的路上。

16

贾真真决定挑选一个良辰吉日问林闯的出生日期。她的病情刚有好转，还有更加重要的事等她去做，入秋的校园已经有了凉意，在校园里见到的师生都穿上了秋装，他们三三两两地结伴而行，或交谈或坐在长椅下晒太阳。秋阳看似有气无力，但由于像恋人温柔的手，所以许多人吃完午饭后都喜欢任其抚摸。刚洗完澡的贾真真走在校园里，半干的头发在秋阳的照射下长出晶莹剔透的露珠，像极了贝壳里的珍珠。

珍珠姑娘贾真真从小生活在靠海的南方省份，不过一直到上大学她才第一回见到海，她的故乡离海太远了。因此当大学同学问她海长什么样时，贾真真只能用家乡的那条河流代替。她所在的这所大学同样也有一条河流，跟家乡那条河流不同的是，这条河一到秋冬河面就结冰了，等到立冬时，河面甚至可以走人。

家乡的河流却是一年四季都汩汩流淌的，钓鱼者也能随时随地开钓，而不是像这条河一样，在冬天要想吃鱼，必须先将冰面凿出一个洞，然后将鱼钩放进去，等到鱼儿上钩了，还得小心翼翼地将鱼钩从狭窄的洞中提上来，有时碰到鱼比洞大的情况，就只能忍痛让鱼儿在冰面下挣脱鱼钩逃窜，然后看着冰洞中渗出的血迹，懊恼地拍拍大腿，早知道把冰面凿大一点。

贾真真心中那件更重要的事，就是看垂钓者钓鱼。这是一件坚持了四年的事，用她的话说，弥补了她从小看不到冰块的遗憾。还记得当贾真真在大一那个冬天见到结冰的河流时的感觉，那真的比高分考上这所大学还让她兴奋，她当时还不敢走到冰面上，只敢站在桥上看着冰天雪地里的垂钓者，然后不顾手会被冻伤的危险，拿出手机拍照给父亲分享。

贾父显然也没见过这种雪景，拿着手机也跟女儿似的傻乐，而且这种情绪通过电波又传回了远在北方的女儿，贾真真也拿着手机乐得跟个傻子似的。就这样，父女俩隔着天南地北，见到雪景同时笑成了一朵花。

站在桥上看了一会，贾真真发现要想感受冰面的无瑕，必须走到冰面上去，但当时她无暇做这件事，因为天快黑了。本来想着过几天再来，但由于大学刚开学，诸事繁多，她一忙起来就忘了，等到想起来时，已经到第二年的春天了，冰面早已融化，垂钓者坐在两岸，柳絮在面前吹拂，杨柳在身后低垂。因此当贾真真在第二年的冬天真的走在冰面上时，又像第一回看到结冰的河流那般手舞足蹈。

贾真真走出校门时，发现那个广场上的人都跑到了河边，甚至两岸都摆起了小摊，穿上棉袄的小贩将两手插在衣袖中，戴着棉帽的脑袋只露出眼睛，鼻子和嘴巴，冷风像刻刀一般，将其眼睛、鼻子和嘴巴都雕刻出了年轮的痕迹。要不是贾真真看到这些人眯起来的眼睛、冻红的鼻子和紧闭的双唇，说不定又会把他们当作广场的雕像。在北方生活了四年，贾真真早已入乡随俗，穿上了棉袄棉裤和棉鞋，但为了与这些真正的北方人区分开来，这么多年她依旧固执地只给自己戴上旅游帽，所以当她戴着红色的旅游帽站在这堆灰黑的帽子中时，就似乎提前有了些春意。

刚穿上这些厚衣服时，着实让贾真真不习惯，笨重且不说，还行动不便，好像腿脚都不是自己的了。所以当临近大学毕业的贾真真在河边捡到一张报纸，看到上面报道了一个截肢的残疾人，每天都感觉腿还在时，她一下子就明白了这种感觉。当然，她是腿脚尚在，却感觉不在了，与这个采访对象刚好相反。本来她对这种报纸兴趣不大，每次走在校园里时，新闻系的学生逢人就会发一份经他们采访、执笔、校对和排版出来的校报，说实话这些报纸没有什么看头，无非是校领导的一些面子工程，副刊也是一些伤春悲秋的青春心事，唯一让贾真真感兴趣的，是林闯采写的那些人物专访。这些专访对象既不是大人物，也不是官员，更加不是哪个名人的子女，而是一些生活不便的弱势群体，比如这次贾真真看到的这个靠踩缝纫机给别人缝补衣服讨生活的残疾人。

这个人物专访同样出自林闯之手。没想到林闯将这个残疾人拍出了一种独特的神韵，神情既无残疾人身上常见的凄楚，也无愤世嫉俗者脸上的愤怒，总之就如一尊佛像那般平和，采访内容也是不疾不徐，丝毫看不出作者本人所秉持的观念，而是一种如实描摹生活，却又高于生活的一种最为恰切的状态。当贾真真看到那句"我一直觉得自己的腿还在……"时，瞬间就明白了这种感觉，很多时候，与自己休戚相关的器官，即便由于各种意外离自己而去了，还是能感受到它们的存在。贾真真四肢健全，之所以理解这种感觉，是因为她在每次剪完手指甲时，都以为指甲还在，然后就下意识地用指甲去抓痒，等到抓不到痒时，贾真真才会醒悟过来，她的指甲早已剪到地上，被自己扫进了垃圾桶里，这种现象多么像这个残疾人所说的幻肢现象。

这个想法让贾真真激动不已，她自觉窥破了人类的奥妙。前几天，她觉得人在网络和在现实中有两副面孔，现在她终于找到了这个观点的依据，那就是人确实在线上线下有不同的模样，线上的模样就像幻肢，线下的才是断肢，当幻肢与断肢一旦相结合，就能成为一个完整的肢体。也就是说只有线上线下的两副面孔重合，才是人类原来的面目。

她任由自己的思绪漫游，突然想到在现实中或许也有两个贾真真，一个负责带她回到童年所生活的故乡，另一个却让她随时中断对童年的怀念。可以说，前者已经深深地烙在了她的血液里，后者现在虽还未明显，只有当她在那座大城市生活了十年之久后，才会战胜前者，以至于需要在特定的场景面前才能偶尔想起自己的童年。这个想法让她脊背发凉，不知道是因为自己的想法太大胆了，还是因为她的精神真的分裂了。每次经过一轮如此深入的思考，她的大脑都会隐隐作痛，必须强迫自己停下来，回到现实世界中，所以她摘掉了自己头上的旅游帽，好让寒风能让她的大脑清醒，然后转身去看校园，发现圆形的校园已经成了一个飞碟，光从圆形玻璃中发出，地上掀起一阵尘土，那是飞碟即将飞往外太空的征兆。

贾真真快赶不上飞碟了，赶紧跑过去，准备进入飞碟内部，与这些外星人一起远离地球，随便飞到哪个星系。当她置身在外太空俯视地球时，她会知道繁星会如地球上的沙子一样多，又会在外星人的嘴中得知，其实这些繁星皆为地球人，是古往今来所有死去的人类的魂灵。贾真真没算过从古到今，有多少人死亡，所以也就无从知晓天上的繁星到底有多少。总之，当她知道繁星是自己的同类时，一下子就把对于死亡的恐惧抛诸脑后了。

这些星球都有不同的颜色，在她面前飞速闪过，在外星人的驾驶下，飞碟稳如泰山，一点都没有她坐飞机时所感受到的那种颠簸。当她在飞机上，眺望窗外的云层时，好几次都感觉到了似乎有人站在外面，应该是一些脑后发出祥光的天使在让飞机平稳地穿行在气流之中。

"这位同学你怎么了？"有个男同学叫醒了她。

贾真真发现自己正盯着报纸上的那个残疾人看，以至于误把现实当成了超现实。她感到有些难为情，两颊绯红，才知道自己走回到了校门口，然后赶紧跑回到河边。她把这张报纸折好塞进口袋，径直走到一个垂钓者面前问道："老大爷，今天钓了多少条啊？"

老大爷嘿嘿一笑，指着脚边的那个小水桶，几条大鱼在水桶里摆尾，鱼鳃一张一弛，像极了太极拳的云手招式。贾真真此时也像那些小贩一样，两手插着蹲在河岸看着在河面上溜冰的人，旁边就是那座桥。这座桥在河水涌动时，承载着无数人过河的神圣使命，但当冬天一旦到来，河面一旦结冰，就没有人会再想起这座桥，反而觉得它是累赘，是这条河中不该有的败笔。

贾真真看到很多人往桥上砸雪球，她没想到今年的冬天来得这么快，秋天还没过多少天，就可以打雪仗了，傍晚当她回到寝室时，才会知道那年的冬天确实比往年来早了，也为此提醒她原来在大四这年同样也是一个闰年，一个具有十三个月、她能在夏天过两回生日的神奇年份。不过与约莫十年后那个闰年不同的是，她在这个闰年里忘记了自己能过两回生日，所以回到寝室的她就想着是不是应该在冬天给自己补上一个生日。

由于冰面也能过车，所以那些司机对破坏大桥的举动非但不生气，还助破坏者们一臂之力，他用自己的车将雪球和冰块拉来，然后供这些破坏者随丢随拿。破坏者在丢雪球的过程中，感受到了热量，便把棉袄脱下来，有的甚至想用棉袄装雪球，然后重重地砸过去。幸好被同伴制止了，这人想想也是，现在感觉热，不代表等会儿还会感觉热，若是待会儿打完雪仗感觉冷的话，那么这件装雪球的棉袄无疑就不能穿了。

桥身看似被砸了无数回，但却完好无损，这让那些人更加恼火，许多人甚至从家里拿来锤子和铁棍，准备破坏桥墩。这名一到冬天就无事可做的司机也想用自己的车去撞桥身，但经过仔细对比桥身和汽车的坚硬程度，他明智地打了退堂鼓。

贾真真本想去阻止这些人，但先被旁边的这个老大爷拦下了。老大爷告诉她，别看他们现在这么嚣张，等到来年春天他们就会知道错的。贾真真可看不出这些是会认错的主儿，所以她还是想去阻止他们，再说她不知道究竟会发生何事让这些人道歉。不得不说，当时她的眼界确实有点窄，只能看到当下发生的事，不能像这个老大爷一样，能看到春天当他们在桥上出了交通意外时，才会想起这一切都是自找的。

老大爷此时在河岸上架起了一个炉子，用岸边的枯枝点火，当即从腰里摸出一把刀，然后将钓上来的鱼儿开膛破肚，最后直接丢到炉中，香味很快绊住了准备前去为桥打抱不平的贾真真。她回头一看，没想到鱼汤竟如此鲜美，即便还没品上一口，都能提前在口腔感受到鱼肉的鲜嫩与爽口。贾真真只好回到老大爷身边蹲好，望着沸腾的炉中直咽唾沫。

"老大爷，你怎么不拿回家煮啊？"贾真真问道。

"家里只有我一个人，在哪煮都一样。"老大爷说。

"鱼在户外吃和在室内吃有什么区别呢？"贾真真问道。

"在户外吃更香。"老大爷又嘿嘿笑上了。

这让贾真真想起小时候在户外吃过的蛇肉。吃蛇时也是用这种小炉子煮，但不能在室内吃，听说蛇的味道会让其他蛇闻到，从而成群结队爬来复仇。

"我们不会被鱼攻击吧。"贾真真边吃边问。

"谅它们也没这个胆。"老大爷好像跟贾真真想到一块去了。

贾真真吃了几口，肚里就暖和上了。人一旦有了暖意，对很多事就没那么激愤了，所以她再看到那些破坏者们，就真有点理解尼采所说"万事皆虚，一切皆允"的意思了。

"老大爷，下次我叫上一个男生找你唠嗑唠嗑。"贾真真道。

"是你男朋友吧，好啊，反正我这把老骨头也确实需要找人聊聊了。"老大爷回道。

第六章

17

当贾真真七拐八拐好不容易走出胡同时，发现天已经亮了，不远处的地铁口已经排起了长龙。这些排队的上班族有的手里拿着一份煎饼果子，有的手里捧着一杯热咖啡，还有的戴着耳机在听音乐，每个人都习惯了上班前冗长的排队时光。

地铁口放的围栏，在使队伍整齐有序的同时也让排队之人像刚出栏的小猪崽。现在这些小猪崽会排上半个小时或更长时间的队，然后依次走到各家公司，赚取一点能够让自己尽快长肥的猪食，却不知道长肥的时间越快，意味着他们离宰杀的时间也不远了。不过通常等待他们的远比宰杀更残酷，那就是耗尽完青春从哪来又回哪去，好像他们一出生的使命就是来城里走马观花一番。

贾真真很早就知道大城市的残酷现状，但因为对自己过于自信，所以即便很多人劝她，她还是义无反顾地来到了这里。那时她虽然刚来没多久，但就已经尝遍了各种辛酸，姑且不说工作难找，就是坐个地铁都要看每个人的身体素质如何，碰到身体虚弱的，挤着挤着就会喘不过气，有些身体强壮的这时就会庆幸遗传了爹妈的优良基因。

每当贾真真看到你推我搡的恐怖挤地铁方式时，就会浑身冒冷汗，与别人害怕无法准时上班不同的是，她最害怕的是在挤地铁的时候被占便宜。所以刚开始她即便在夏天也会全副武装，用一些东西护住关键部位，当她好不容易挤上地铁后，乘客看着她在有空调的地铁车厢里大汗淋漓的样子，都会以为她刚从水里起来。后来她就知道了，在这种坐地铁如临大敌的时刻，哪还有人会有闲心占别人的便宜，而且那些女性的精致妆容也在挤出的汗水下融化了，不要说会让人产生非分之想，就是多看一眼都反胃。

因此后来的贾真真也学会了粗暴，每次都把前面的人强行推进地铁里，然后勉强能在地铁门内留下一个好让她可以踮起双脚的狭小空间。当地铁门关上时，贾真真的脸就死死地贴在了玻璃上，然后以这种无法动弹的姿势等到下一站地铁门的开启，等地铁门再次开启时，贾真真就会快速跑下地铁，好给要下车的人让位，等人都下完了，又赶紧跑上去，这个时候她就变成了被后面的人推到里面的可怜角色。她被夹在中间，由于个子不高，只能看到前面的后脑勺，经常忘记地铁途经哪站，于是便使劲踮起脚尖去看车厢上方的指示牌，她只能看到红绿两色的指示牌交互变化，却看不清相应的站名，本来每到一站都会有提示声，不过车厢的人实在太多了，而且一些人听音乐喜欢开外放，所以贾真真一坐地铁就会变成瞎人和聋人。

瞎人是拒绝这个世间所有颜色的人，他们一般生活在黑暗里，通过黑暗感受世界。对于他们来说，颜色非但不能让他们生活得更好，反而还会影响他们的生活质量。林闯曾经采访过一个瞎眼乞讨者，原以为这个乞讨者会因为看不到颜色而愤懑不平，没想到对方却庆幸这点。随着采访的深入林闯才知道，一个人要想真正放下尊严乞讨是需要莫大的勇气的，姑且不说能否乞讨多少残羹剩饭，就是人们脸上错综复杂的表情都会让乞讨者逃之夭夭。这些表情比直接拒绝还让他难受，有的表情是轻蔑，有的是鄙视，更有甚者，还掩鼻匆匆走过，这些人间冷暖由于乞讨者看不到所以才能坚持至今。

然而，虽然他看不到，但却依旧能听到人们的嘲讽之声，好在他是一个左耳进右耳出的人，相比于人们的臭脸，他对人们的秽语却能做到安之若素。这刚好与他那个聋人婆娘相反，他的老婆眼睛很好使，就是耳背，她早已习惯人们脸上的表情，就是无法接受别人的咒骂，所以每次夫妻俩准备外出乞讨时，都会相互约定，丈夫听到的咒骂不能告诉给妻子，妻子看到的冷脸也不能说给丈夫听。通过夫妻俩的鼎力合作，他们成功超脱了人间百态。

但挤地铁的贾真真显然还没达到这种境界，她虽然成了一个看不到指示牌的瞎人，听不到指示声的聋人，但不代表她听不到其他声音，比如嘲笑她身高的声音，轻视她穿着的表情，她在地铁里就听得比任何人都清楚，看得也比任何人都明白。地铁是一个小型的社会，她在里面过早地尝到了关于人身上的一切恶习。所以她才会放弃少睡几个小时的宝贵时间，坐上凌晨五六点的第一班地铁，当她置身在空荡的车厢里时，她耳边的喧嚣和眼前的纷扰才会彻底消失不见。

贾真真背着猫看着长龙想起这些时，第一次没进入地铁，而是往相反的方向走去，她在反方向看到了一家宠物医院。这家宠物医院由于夜色的掩藏，让贾真真浪费了一个夜晚的时间寻找它，当时她还没学会利用手机导航，要去哪里只能通过问路，这样一来，她又在这些路人的嘴中再次验证了渺小的自己。有的人会耐心地告诉她怎么走，但更多的只会从鼻孔里出一口气，懒得搭理她。要不是贾真真的普通话比大多数南方人好，说不定她问路的成功率不会如此之高。要是让那些告诉她怎么走的路人发现，她其实不是本地人，而是外地人的话，一定不会告诉她正确的目的地，反而还会瞎指一条错误的人，让她白跑一趟。

　　在贾真真的人生中，摆在她面前的有过无数条路，但都没有这一条让她如此难走。这座城市的路比起南方城市来，够好走了，不仅没有弯路，也没有歧路，更加没有陌路，每条路都有出路，但对贾真真来说，要走顺这些路，比她在南方走出那些迷路还困难，甚至需要引路，她才能找到出路，否则就是死路一条。

　　让她感到舒畅的是，她今天可以完全抛下这些道路，通过宠物医院巨大的指示牌就可以找到生路，当然，对她那只猫来说，它的主人一旦变得比指南针还准确，那它离自己的绝路就更近一步了。它好像也意识到了这点，在双肩背包里不安起来，又用爪子去挠贾真真的后背，好在爪子刚被剪掉，所以贾真真不但没有阻止猫的举动，反而还在猫挠下感到一阵惬意和轻松。

　　当她离宠物医院越来越近时，她才会彻底放松。也对，这回又不是给贾真真自己看病，她当然可以显得一身轻松了，却忘了每一个初次进医院的人类或动物心中的那种不安与焦虑。直到此时，她才明白什么叫真正的术业有专攻，本来她也想像自己的同事那样，亲自给猫阉割，她的同事由于不信任一切当代医学，因此甘冒被猫咬伤的危险，说什么都要自己动手给猫结扎。

　　同事操着一把剪刀，准备了一个酒精灯，并提前预备了纱布。然后就把剪刀放在酒精灯上烧了一会儿，最后瞅准猫的裆部就一剪刀扎了下去，就在她准备用纱布为猫包扎时，痛不欲生的猫转身一口咬在了同事的手上。当时血流如注的除了猫的生殖器，还有同事那双娇嫩的手。

最后同事去打狂犬疫苗花费了好几千块，真是得不偿失。这件事在贾真真的公司传为笑谈，许多同事闲着无事都会取笑这位被他们称作当代女公公的同事，还问她近来手艺是否见长。这个女同事其实也知道自己做错了，但就是嘴硬，死不认错，当别人取笑她时，就会生气地从办公桌掏出一把剪刀，边追边骂道："看老娘不骟了你们。"

贾真真知道这位喜欢看清宫戏的女同事，之所以亲自给猫结扎，是因为受清宫戏里的太监所影响。几乎每一部清宫戏里都有一个准备送进宫被阉割的小男孩，这个小男孩一般由宫里技术最娴熟的老太监掌刀。

当小男孩被五花大绑后，老太监就会拿出事先准备好的刀具、一根秸秆、两颗煮鸡蛋、一把炭灰。先是把两个煮鸡蛋塞到小男孩嘴里——以免由于疼痛咬断舌头，然后用刀旋下小男孩的生殖器，接着剖出两颗睾丸，待小男孩晕死过去后，赶紧将那根秸秆塞到尿道口，避免被血糊住，最后再用炭灰撒在伤口处止血。

每名太监的养成，都需要经过上面严格的几道工序，而且手术完后还要在不通风的房里关两个月，才能下地行走。

这些复杂的操作程序一点都没有这个同事想得这么简单，

要是她能事先绑好猫，在猫嘴里塞上一个鸡蛋，不，鸡蛋对猫来说太大了，最好塞一个鹌鹑蛋，那么她也不会被猫咬了。

"一回生二回熟嘛，"贾真真说，"下次再做就有经验了。"

18

耶稣说："永没有人吃你的果子。"

佛祖云："无花果树林，求花不可得。三界诸有中，不可得坚实，共舍彼此岸，如蛇蜕旧皮。"

庄子曰："周将处乎材与不材之间。"

贾真真的寝室楼下有一棵无花果树。每年的秋冬时期，树上都会结满无花果。贾真真刚开始不知道这为何物，以为跟学校里那些树木没有区别，当她在临近毕业的那天从河边回到寝室时，突然间头上被砸了一下，她以为有人高空抛物，便生气地抬头去找肇事者，由于天快黑了，她在灯火通明的寝室窗户中并没发现凶手的踪迹。这些窗户每当夜晚到来后，都会在灯光的照耀下变得宛如巨兽的眼珠，查寝的老师有时甚至不用亲自到每一间寝室查看，只看哪家寝室没亮灯就能大致知道人数。

不过有的学生在与老师的长期斗争中，成功找到了老师的破绽，那就是提前先把灯开上，然后再跑到网吧玩个通宵。这些不合时宜的灯光在白昼还未逝去时，在校园变得比一道伤疤还明显，这条象征着老师耻辱学生贪玩的伤疤很快会被机智的老师揭下。从那以后，只要发现哪间寝室的亮灯过早，就知道哪间寝室有猫腻。在这场持续了整个学生时期的战争因此经常以学生的彻底失败而告一段落，直到另外一拨新生的到来，再次发动一场新一轮的攻势。

贾真真的寝室已经完全掌握了这场战争的主动权，即这间寝室虽无人但却能及时亮灯。其中的关键之处便是每次快到晚上时，贾真真总会回到寝室开灯，这样一来，灯光就能成功掩护另外三个跑去约会或分手的室友。贾真真这么做完全不是出于所谓的同学义气，而是觉得夜晚没有其他人打扰才算纯粹的夜晚。

关于这栋寝室的传说有许多，其中尤以一则鬼故事最让人津津乐道，话说在几年前，有个女生因为也没能打破毕业即失恋的怪圈，一气之下身穿一袭红衣，吊死在走廊的卫生间。夜晚起来上厕所的女生在走廊上远远地看到一抹鲜艳的红色，以为查寝的老师来了，连尿都还没撒就赶紧回到寝室告诉其他室友。

这几个室友因为人在寝室中，所以一点都不怕查寝的老师，不过她们很快发现还有一个室友没回来，于是赶紧给对方打电话令其快点回来。电话打过去后，没能听到对方的声音，倒在走廊的尽头听到了铃声。铃声在回旋的走廊上像河面的涟漪一样，不仅没有削弱，反而愈加响亮。当这几个室友挂掉电话后，走廊的电话铃声依旧没消失。这几个室友感到很奇怪，便从门边探出脑袋查看，以为这个室友已经上楼了，但没有，空空的走廊一片漆黑，其中一个胆大的室友叫了一声，这才让走廊的声控灯重新亮了起来。

铃声还在不断地响着，这几个室友一合计，要想知道另外一个室友在不在那，必须要走过去看看才知道。于是三个身穿睡衣，脚穿拖鞋的室友一边给彼此壮胆，一边慢慢走过去。走廊不长，她们很快来到了走廊尽头的卫生间门口，循着里面出现的电话铃声走了进去。有一个水龙头没关紧，还在滴滴答答掉水，听上去好像能听到夜间所有不明物的哀号。

她们每个人推开一扇门，终于在靠窗的那间先是看到一张凳子，然后看到一双穿着嵌有铆钉的女鞋，最后才看到那袭红衣。等到她们看到那张伸着舌头，眼睛未闭的苍白脸孔时，夜晚的寝室楼里同时传出三声变了调的"啊，啊，啊"。

死因很快查明，因情自杀。但盘桓在师生脑海中的那个问题始终无法得到满意的解释，即手机如何在无人拨打时自动响起来。学校方面给出的解释是：电波有时能在无人的夜晚自动传送。这个解释在贾真真当初看来，还不如不解释。只有当她去往那座大城市，在故宫管理员的嘴中听到那个关于故宫每个夜晚都有打着灯笼的宫女走过的解释时，才会相信当初学校给出的解释并不仅仅是掩人耳目。

"因为宫墙是红色的，含有四氧化三铁，而闪电可能会将电能传导下来，如果碰巧有宫女经过，那么这时候宫墙就相当于录像带的功能，如果以后再有闪电巧合出现，可能就会像录像放映一样，出现那个被录下来宫女的影子。"管理员说。

也就是说，闪电就像放映机，红墙似荧幕。当闪电将几百年前宫女的身影拍摄下来后，就会暂时存储在电波中，这样一来，不管之后什么时候再出现闪电，宫女的身影都会自动在红墙上播放出来。

许多人无法理解这其中的关系，但好在时间能掩盖一切，等这拨学生毕业后，这个真人真事只会在后来的新生口中成为一个传说。而且更是因为这个不合常理的解释，才会让传说神乎其神，从而稀释了此事的严重程度，这也是许多传说并不像当初那般瘆人和恐怖的原因所在。

虽然不知道查寝老师的真实想法，不过还是有许多学生暗自揣测，可能这就是老师不愿意夜晚上楼查寝的原因。因为每一座大学，都是铁打的老师，流水的学生。学生可以像韭菜一样，经过一拨又一拨收割后，迅速忘掉此事，但老师可不是韭菜，而是像钉子户一般，始终屹立在学校，不仅知道出事的那天，更加知道此事是如何通过口口相传而变味的。

所以许多学生夜晚也不愿意待在寝室。不过对贾真真来说，这倒成了一桩好事，因为只有在无人的夜晚，她才能跟内心中的那个自己对话，将白天自己身上的那些伪装一层层脱下，暴露出一个真正的自己，就像剥洋葱一样，只有剥到了内心，才能认清自己到底是一个什么样的人。不过她没想到自己的做法不仅没让室友感恩，反倒招致飞来横祸，现在这个砸在自己头上的不明物就是最好的证据。于是贾真真低头去查看凶器，当她发现原来是一颗无花果时，又不禁在心里笑自己大惊小怪。

她拿着这颗无花果上楼了，走到寝室后，及时将电灯打开，然后在灯光下仔细观察这颗无花果。无花果的外形有点像紫洋葱，通过敲击外壳，又会像西瓜一样发出清脆声。贾真真不知道自己手里的这颗无花果会有如此之多的寓意，所以当她无意间掏出白天装在身上的那张校报时，又会看到林闯写的一篇关于无花果的随笔。他在这篇随笔中开篇便引用了耶稣和佛祖对无花果的看法，贾真真没能看懂，等到她看到庄子将自己比作处于材与不材之间的那句话时，她才稍微明白了林闯的用意。

林闯是用这颗耶稣弃如敝屣，但佛祖却视若珍宝的无花果，引出庄周在《庄子·山木》中的那个论点：有时不成材恰恰会颐养天年，有时却刚好相反。这是一个悖论，就像耶稣厌恶无花果，佛祖却喜欢无花果。对无花果究竟所持何种看法，得看每个人自身的立场。因此，无花果本身的好坏全系人类之口。

在这篇随笔的末尾，林闯由无花果想到了每年多如过江之鲫的大学毕业生，并对大学生的何去何从提出了一个发人深省的问题：大学生到底该成为什么样的人才能对得起平生所学？不可否认，在贾真真就读的这所大学，许多人秉持的看法大都是成为有钱人或者高官，就是没有人想要为这个国家做出实实在在的贡献。或许在他们的眼里，升官发财就是对社会最大的贡献。为此林闯还联想到了小学时老师提问每个学生长大想做什么的情景，每个小学生的梦想不是成为科学家，就是成为发明家，极少有人长大后想成为富人或大官。看来，大学刚好与小学颠倒了过来。林闯在随笔中表达了自己对教育的困惑，不知道教育的最终目的是让人更加明理，还是使人更加崇尚名利。

看到贾真真又想起了关于寝室的那个传说，按理说一个大学生着实不该对原有定论的一件自杀案抱有诸多不切实际的看法，但一个大学生要是对每一件事都持同一种看法又有点说不过去。所以，贾真真看完林闯的这篇随笔，非但没有得到释怀，脑海中的疑问反而更多了，她也跟林闯遇到了相同的疑惑。既然想不出个所以然，贾真真决定暂且搁置。她拿出手机，点开林闯的微信对话框，准备让他明天跟自己一起去看望那个钓鱼者。

就在贾真真准备打字时，突然发现窗户外射进了一束光线，她知道这是查寝老师通过照射手电筒的方式开始了偷懒的查寝时间。但她却意外发现，今晚的光线比往常的明亮，而且楼下似乎还有鼎沸的人声。不知道这些人此刻不待在寝室意欲何为，于是贾真真拿着手机走到窗户边，想看看楼下发生了何事。

19

猫知道自己一旦踏入这家宠物医院，此生注定与极乐之事再无关系。动物与树木的繁衍方式有所不同，前者必须体会交配后那宛如升天的快感，至于后者，以一只猫的角度来看，无外乎通过蜂蝶传播花粉，至于中间有无类似的快感，猫就不得而知了。俗话说猫有九条命，意思并非真的有九条命，而是对每一次即将到来的危险都能提早察觉，在这座大城市，宰猫吃猫的陋习早已随着精神文明建设的日益深入人心而彻底被抛弃，所以猫知道这回它在路边嗅到的消毒水气味，定然不是杀它时的准备工作，唯有一种可能，那就是要把它断子绝孙。

还没去势的猫想到这突然尻部一紧，仿佛自己的子孙根已然死在刀下。于是它决定不再抱有幻想，而是拼命挣脱双肩包的束缚，只要再让它下到地面，那它就可以迅速钻入人群中，随便躲在哪个角落，等风声没那么紧时再出来。

主意打定，它加大了挣脱的力度，既然爪子已断，起码它还有嘴，猫的牙齿在危险关头也能当成逃生的工具。它咬了一口，结果让它大感意外，没想到双肩包很快豁了一口，它的猫眼甚至能通过这个口看清外面的一切，它的眼珠来回转动，看见这家宠物医院人满为患，许多抱着猫狗的人类进进出出，进去前的都是完整的猫狗，出来后就都成了温顺的绵羊，甚至有一只长相看起来凶恶无比的恶犬出来后，也变得像一摊泥那么软弱可欺。出来后不能跑进医院，否则就是自投罗网，旁边的那条路才是逃生的首选，于是它继续撕咬，口子被撕扯得更大了，猫的两只眼睛都能从这个口子中同时被看见，有了两只眼睛的帮助，猫看得更加清楚了，它发现那条路也不行，虽然路上没有停靠车辆，也没有堆积如山的共享单车，更加没有横冲直撞送外卖的骑手，但是有一男一女在路上各自戴着一副眼镜好像在玩什么游戏。

另一边是车流量猛增的马路，来来往往的车辆在它耳旁呼啸而过，它没有信心能跑过车辆，成功躲在不远处的那座天桥下。它知道每一座天桥的诞生，不是为了首先满足人类的需要，而是为了满足一些夜间动物出行的需要，与它千百年来都是敌人的老鼠就需要这种天桥掩盖其夜间干坏事的身影，更不用说还有一些由甲、虫蝇等嗜腐动物需要借助天桥谋生果腹。只要它能跑到天桥下，这些老鼠、由甲、虫蝇就会拜倒在它的淫威之下，奉它为王，既然无法在人类面前享受这些荣光，那么这些宵小自然是最好的选择。

它此时不敢叫唤，怕一旦叫出声，它那个整天戴着面具生活的女主人就会发觉，虽然这个人哪哪都不怎么样，但有一点还是让它很佩服的，那就是堪比猫的听觉。每当夜晚睡觉时，但凡有一些动静，它的主人都会自动苏醒，然后赶紧下床查看椅子是否还抵住了门。要让她对自己的叫声熟视无睹，真比登天还难。所以这只聪明的猫决定学习它的仇家老鼠的优良品质，靠悄无声息来展开这次的逃亡之旅。

不过它还是有些犹豫，它知道自己一旦跳到了地上，就说明它要永远与女主人决裂了。它没有把握自己能在这座繁华的都市中存活下来，而且它的许多机能都已退化，不要说还能否战胜那些老鼠，就是一只虫子都会让它突然吓一跳。想起自己的祖上曾经是老虎的老师，它就有点百感交集，浑身都不是滋味，想当年它的祖先多威风啊，竟然能成为百兽之王的老师，而它的祖上想必也知道这点，不然也不会让这一幕成为血液里的基因，一直遗传给后代，直到现代化建设取得如此巨大成就的今天让它想起这幕时还能莫名自豪。虽然对于猫族的光辉历史仅限于此——随着时代的发展，猫族是一代不如一代，先不说是不是教会了徒弟饿死了师父，就是猫后来甘愿成为人类的附庸，就有些让它接受不了——但至少还有此事让它快慰平生。而且也不单单是猫如此，就连猫的徒弟，作为百兽之王的老虎，现在不也是一身本领没处施展，被人类囚困在动物园，只能作为摆设供游人拍照留念吗？

也许可以逃到动物园，说服老虎跟自己重返森林，或许这些额头写有"王"字的虎会看在做过猫的徒弟的分上，与它并肩携手，冲破牢笼，回到大自然拿回丢失已久的王者尊严。不过它很快打消了此念，它悲哀地想起现在已经没有所谓的森林一说了，大自然被破坏的程度堪比人类繁衍的速度，在这座城市确实有几处森林公园，然而它也知道，自然的森林一旦和人造的公园结合，就真应了人类那句老话：画虎不成反类犬。森林公园的建造，说是为了让人类回到大自然，呼吸到新鲜空气，可能初衷是好的，但结果却差强人意，因为要享受到一座真正的森林所提供的各项好处，必须做好披荆斩棘的准备，哪有在一座山头给你造好塑胶跑道，十步一间厕所，百步一家商店的道理。每当它与女主人置身在森林公园时，看到地面不着一石的道路，人工湖中的塑胶荷花与一个个尖顶帐篷，不仅没享受到大自然的任何好处，反而在这种虚假空气中望风而逃。

想到这，它彻底打消了逃跑的念头，觉得还是吃人类的软饭才是最好的出路。这时它尽管没再试图逃跑了，却又害怕万一女主人发现它咬坏了她的双肩包，会不会一气之下将它遗弃了。于是它赶紧把这个口子遮盖起来，但风一吹，口子又拉开了，好像变得更大了，这让它吓得浑身发抖，此时可没有它威风的祖上给它撑腰了，它必须独自面对咬坏人类背包的罪愆。它不知道自己接下来会受到什么样的惩罚，据说人类的法律有数亿条，每一条都死死地限制了人类的手脚，让其不敢越雷池一步，不知道这些法律施加在猫身上时，会不会有陪审团看在它是初犯，而且还是一只猫的分上，对它法外施恩。不会的，人类自己犯了罪，其他同类都恨不得号召其他不相关的人签署死亡申请书，即刻对犯罪嫌疑人判处死刑，它一只猫哪有这么大的面子，能让嗜杀的人类对它网开一面。

这个念头牢牢占据了它的脑海，让它一下子淡忘了接下来所要接受的阉割之刑。当它想起此刻自己的命根子更加要紧时，它终于找到了一个两全其美的好办法，即把自己所接受的宫刑当成自己咬坏双肩包的惩罚。本来它无端端断子绝孙，思想工作确实没怎么做通，好在现在有了这件事，才让它终于对自己所要面临的酷刑有了思想准备，也让它终于知道自己因所犯何罪，才要受到这种惩罚了。对它来说，它始终对没有依据的事挟而不服，倘若凡事都有根有据，它作为一只通情达理的猫，肯定也没有二话，毕竟在人类社会生活了这么多年，对于人类的行为准则它心里还是有谱的。

此刻，它巴不得医生赶紧将它阉了，这样它内心的愧疚才能有所减缓。任谁都接受不了一把时刻悬在头顶的达摩克利斯之剑，只有当这把剑最终掉落下来，才能弥补它的所犯之罪。

等待，是一种最为煎熬的折磨，它已经好久没有这种感觉了，当它被女主人捡到时，它无须等待，而且很多时候还主动配合对方，这才让许多时候必不可少的等待，成了争分夺秒的行动。至于主动配合剪爪子就不用说了，起初它也以为这是一件了不得的大事，因为毕竟它出生时就想依靠爪子捕鼠而活，既然有人类饲养，那么有没有爪子就变得无足轻重了，所以当它一旦想通后，它甚至还会提醒主人赶紧将它的爪子剪了，别再拖了，不然它又要经受这种等待的折磨了。

　　它不仅主动配合剪爪子，更加主动配合她给自己洗澡。在猫的历史上，从没有过洗澡一说，每当身上脏了，就用自己的舌头舔干净，然后用爪子梳理好毛发。现在既然爪子没了，那它这种梳理毛发的方式看样子就用不上了，既然不能用爪子梳理毛发了，那它再用自己的舌头给自己清洁显然也就变得不合时宜，所以让主人给它洗澡是最佳方式，也是唯一的方式。不如此就无法证明它是一只养尊处优的家猫，不如此就会让别的野猫也将它当成脏兮兮的流浪猫。所以，即便女主人不给它洗澡，它自己也得强烈要求洗澡。而且，即使身上不脏，它还是会有办法让自己身上脏起来，办法就是去猫砂上打滚，猫砂上有自己的粪便尿液，一旦沾到身上，它的女主人就不能再视而不见，只能嘴里一边责骂着，一边给它洗澡，它很享受人类这种打骂就是爱护的行为方式。

　　自从有了猫砂，它再也不用把屙下的粪便费力用沙子掩藏起来，这种原始的猫族遮羞方式已经被人类先进的随拉随清方式所取代，每当它在猫砂上拉了粪便后，女主人马上会将其清理，要不是自己的智力有限，说不定它也会学习主人的如厕方式，即蹲在马桶上拉完现冲。它也尝试过几回，虽然最后能准确撒到马桶里，但由于气力不够，它无法摁下马桶盖上的冲水器。所以每次不得不在猫砂上拉时，它刚开始见到未来得及清理的粪便都想就地逃走，只好跳上女主人的床，掀掉它的被子，一脸可怜地望着她，女主人看到它一副可怜相，就知道是怎么回事，不管再怎么不愿意，都会从床上起来，给它清理完粪便后再睡。

每当这时，它就有点于心不忍，因为女主人太累了，不仅要每天一大早起来上班，还得照顾它。所以它就想着为主人分担点，怎么分担它想了好几种办法，最后还是决定用那个将粪便拉在被窝里的办法，因为这样一来，不仅它自己看不到，女主人也不用费心帮它清理了。所以在女主人白天上班的日子里，它就在地下室那间狭窄的房间床上，拉得极为畅快。至于后来受到了女主人何种处罚，因为涉及猫的隐私，它可没有义务说出来。

当务之急不是关心它当时有没有挨打，而是要把重点放在它到底什么时候才能成为一个真正的太监上面。因为此刻，女主人居然坐在了宠物医院门前的台阶上，不知道什么东西吸引了她的注意。当它在双肩包里感觉脚步停下来后，再次冒着生命危险，将咬坏的口子用爪子拨开了，发现女主人的辫子在它面前轻轻摆动。虽然女主人还是在前天洗的头发，但上面的发香还未彻底散去，此刻钻进猫的鼻中，让它享受到了远比大自然的空气还清新的味道。它沉迷在这种香味中，以至于忘了刚才让它提着心吊着胆的"人生大事"。

它轻轻越过女主人的后脑勺，往前看去，发现前方那对戴着眼镜的男女还在路上起舞。

第七章

20

　　贾真真只有到后来才真正学会喝咖啡，在学校她一般都饮茶。她生长在南方山区，最熟悉的就是茶树，等到她后来步入社会，才知道这些茶叶竟有如此之多的名堂，不仅烘烤方式不一样，就连茶叶的名称也不一样。这些琳琅满目的茶叶让她挑花了眼，以至于无法从中选出一种来自家乡的茶叶。

　　这些茶叶铺出售的都是经过繁复包装，形式大于内容的茶，没有来自贾真真家乡那种未经包装的原始山茶。即便有她家乡的茶叶，也可能在过度包装与过分营销之下变得面目全非，就像贾真真上班第一年回到家乡，以那个英文名贾斯丁·真真示人时，乡亲们都以为这女娃在大城市上班脑壳短路了。

此外，这些茶还打着各种弘扬中国文化的招牌，吸引一些本身并没有什么文化的人争相购买。尤其饮茶方式更是麻烦，尽显人生的无意义。贾真真从未想过这些茶文化的具体况味，她有独属于自己的一套品鉴茶叶的方式，要想判断一片茶叶的好坏，不光不看色泽，也不看烘焙方式，更加不看产地，而是只看猫喜不喜欢这些茶叶就行了。猫喜欢的茶叶一般都不会差到哪去，当然，这种方式有些出人意料，目前暂时无法推而广之。然而当贾真真在大城市待了多年，发现咖啡中有一种猫屎咖啡时，才知道这种推广方式并非不可行。

她在大学四年中，虽然一再努力隐藏自身的乡村土味，但对于茶的了解，还是让她原形毕露，不过为此她并不在意，起码说明她并未完全忘本，而是在内心深处还有一块割舍不下家乡的自留地。而且这块自留地并未被外人所知晓，因为在她的学校，极少有人饮茶，大学生的解渴方式多种多样，先不说冰镇可乐，就是各种牌子的矿泉水都让人数不过来。每当别的学生看到贾真真早晚一杯茶时，都会很好奇，尤其随着茶香逐渐扑鼻，这些不知茶为何物的学生更是争先恐后地前去凑热闹。

茶香瞬间弥漫了整座寝室楼，让其他寝室的学生都放下手头玩的游戏和正在煲的电话粥，跑到贾真真的寝室一探究竟。当她们到达后，贾真真已经在泡第二遍茶叶了，第一遍的茶水被她倒在了阳台上摆放的绿植中，只见她轻轻地将茶水倾倒进那个饰有凤凰尾巴的茶杯中，然后将茶杯端到鼻尖轻嗅，接着用舌尖反复舔舐第一口入唇的茶水，最后再将整杯茶一饮而尽。茶还留有许多，但贾真真每次大费周章都只喝一杯，其余的皆倒掉，看到门口围满了人，贾真真决定让她们也来尝尝鲜，于是先锁好自己宝贵的茶杯，然后用漱口杯代替，每人饮一口。当然，她事先给她们打了预防针，告诉她们她的茶对茶具的要求很高，现在用漱口杯装，口味可能会大变。

这些人才不介意用什么装茶水，看到贾真真愿意将扑鼻的茶水分享给她们，她们就很开心了。最后每个人都喝上了一口，每个人都觉得味道苦涩，但每个人在口头上还是保持了基本的礼貌，即便其中最心直口快的女生也表示，除了有点苦，其实味道还不错。贾真真知道会是这种情况，她也不作解释，而是拿过那个茶水一滴不剩的漱口杯，去走廊厕所的水龙头边洗干净。本来她大可以在寝室的厕所将漱口杯洗干净的，但寝室厕所的水龙头时好时坏，所以许多学生就养成了去走廊厕所清洗的习惯，至于寝室的厕所，永远放着一桶备用的水，以防来不及去走廊上厕所的人，在寝室上完厕所后可以及时用这桶水冲。

贾真真的饮茶方式除了那个茶杯，其余的都很简单，并不需要完全烧开的水浸泡也行，她知道这种用八九十度的水泡茶的办法来自西南角，因为那个地方属于高原地带，海拔将近两千米，水开有时大约九十度。当这种来自西南方向的泡茶方式传到潮湿的东南山区时，当地人虽然知道在东南山区水开要到一百度，但还是保留了八九十度的泡茶传统。

一同传自西南方向的饮茶方式除了水温，还有一个神奇的鉴别茶叶好坏的窍门，那就是看猫喜欢在哪棵茶树下屙屎撒尿。这个窍门甚至连贾真真的父亲都不知道，还是贾真真小时候无意间发现的。那个时候，她家里突然来了好几只野猫，起初她以为这又是那个猫语者召唤而来的，后来才发现不是，而是自家种的茶树吸引了这些性情凉薄的猫。

茶树有数百棵，但这些猫只在固定的一棵树下解决排泄问题。当贾父发现其他茶树的茶叶皆比不上这棵茶树的茶叶好喝时，也发现了猫腻。他以为是施肥方式的不同造就了这些茶树之间不同的口味，于是在来年春天就将每一棵茶树都施了同样多的肥料，但摘下来一炒、一晒、一泡、一饮后，发现还是只有这棵茶树的茶叶口味最醇，香味最浓。

他不知道怎么回事，想破脑袋都没搞明白，后来索性就不再费脑筋，而是每年都用这棵茶树上的茶叶待客。客人饮后，都觉得比外面高价购买的名牌茶叶还好喝。不仅客人喜欢饮这种茶叶，贾真真从小到大也喜欢饮，以至于当她前往北方上大学时，任何土特产都没带，只带了几包茶叶。茶叶最后就这样成了她维系家乡的唯一纽带。

贾真真虽然知道茶叶奇特的香味可能与猫有关，但查遍所有关于茶的文献，都没找到两者的关系，于是她准备去请教见多识广的林闯。那天晚上看到林闯写的那篇关于无花果的随笔后，贾真真更加确定要想解决这个关于猫与茶的学术问题，非他不可。不过因为突然被楼下鼎沸的吵闹声所影响，贾真真很快将林闯忘在了脑后，甚至都想不起第二天还要带他去见那个钓鱼者。如果不是楼下的动静，贾真真就要开始晚上的饮茶准备了，由于她是一个极容易受外界影响的人，所以外界一旦有什么风吹草动，都会让她立即忘掉眼前之事，转而把注意力放到别的上面。

她径直来到窗前，发现今夜的校园不同以往，她甚至能在那些树叶落光的树下听到细微的啜泣声，与这些悲恸的哭泣声不同的是寝室楼下的欢呼声。她没有想到在这个毕业季，居然还有人用在地上点心形蜡烛的古老方式在跟某个女生表白。也许这个人憋了四年的真心话，正是因为毕业的临近，才让他鼓起了勇气，因为假如现在不开口，以后真的没有机会了，从另一个方面来说，也正是因为即将毕业，即使对方最后没能接受他的表白，也不会造成见面后的尴尬，因为谁知道一毕业对方会去哪里工作。再说，倘若用几颗蜡烛就能在毕业之前换来一个美人的短暂相伴，无疑是一件非常划算的事，谁规定爱情一定要长长久久。

贾真真望着楼下的心形蜡烛出神，在旁人的起哄声中，她好像也有点憧憬这种校园恋情。虽然她知道她的心扉在此时开启显得为时已晚，但能在这个夜晚通过别人感受这美好的一刻，对她老说，不啻是另一种层面的享受。

她看着蜡烛在脑海浮想联翩，就是那些起哄声让她稍显厌恶。这种起哄声的历史可追溯到人类诞生以来，不仅男女刚在一起时要通过这种声音证明恋情，在洞房花烛夜时也要用这种声音证明婚姻。两者的唯一作用都像动物用气味证明其领地范围一样。贾真真对这种充满动物欲望的做法不以为然，甚至在内心哂笑。不过好在她可以自动屏蔽杂音，只沉浸在白色蜡烛所带来的浪漫氛围中，并从这点联想到了将来自己的婚礼该采取何种形式，到底是西式婚礼好，还是中式婚礼好，或者中西结合才符合她这个当代天之骄子。

她脑海里浮现出在影片中看过的每一场西式婚礼的场景，当神父问完男女双方是否愿意，彼此交换完戒指后，这对新人就算取得了合法的同居证明。与中式婚礼需要拜天地不同的是，西式婚礼只需要敬拜上帝就行，不过她觉得自己是一个中国人，应该采取中式婚礼。但中式婚礼那种需要跪拜双方父母的做法让她有点无法接受，都说男儿膝下有黄金，女儿膝下同样也有黄金，跪拜自己的父母还好说，如果还要跪拜男方的父母，她就真的要好好考虑考虑中式婚礼适不适合她这个现代女性了。

就在贾真真思绪万千之时，突然间从楼下传来林闯熟悉的声音。她脑海"轰"的一声炸了，她没想到这个男生居然是他，更让她无法接受的是，她一直以为他只对自己有意思，没想到他的真心居然准备托付给其他女生。她恨得牙痒痒，恨不得把厕所的那桶水泼下去，浇灭这该死的烛火。

21

贾真真坐在宠物医院的台阶上，看着眼前那对在路边起舞的男女，才知道现在不仅中老年人喜欢在广场上跳舞，就连年轻人也爱上了跳舞。看来她真有点落后这个时代了。关于舞蹈，她一直心存疑惑，认为跳舞并非属于人类的娱乐方式，而是某些动物交欢前的准备工作。她的家乡对跳舞从来都是引以为耻，好像光屁股在搔首弄姿，而且要是哪个女的钟情跳舞，哪个女的就是荡妇，就是勾引男人的狐狸精。

当她去往动物园，准备观看一些只有在电视上才看过的动物时，那些在笼子里起舞的动物同样让她百思不解。她曾经看过一只哀伤的孔雀，这只孔雀在游人面前，不甘心用开屏的方式取悦这些人，哪怕游人再这么起哄，掷石子，这只孔雀依旧无动于衷。一只孔雀如果没有开屏，就跟一只野鸡没什么两样，这些游人千里迢迢而来可不是为了看一只颓丧的野鸡，于是他们集体向动物园抗议，认为动物园用野鸡代替孔雀就是挂羊头卖狗肉，强烈要求退票。

动物园的管理者为此不堪其扰，他极为痛恨这种动不动就举报抗议的行为，如果属实也就罢了，问题是很多时候这些被猪油蒙了心的人除了瞎嚷嚷，屁都不懂。

而且他作为人类的一分子，也像那些倒霉的动物一样，被困在这座狭小的动物园，每天要看其他游人的脸色。每当想到这，管理员就会觉得他甚至还不如笼子里关的动物，那些熊猫要是不开心了，就瘫睡一整天，不管游人怎么不满都不改其志；那些大象要是心情不爽了，照样站着一动不动，不管眼前有多少新鲜的棕榈叶都无动于衷；更不用说一些性情本就高傲的虎豹了，若是惹怒了它们，说不定会拼死跳出来，将这些看热闹不嫌事大的人撕个粉碎。

这些游人见这些动物不值票价，便把气撒到他这个人微言轻的管理员头上，很多时候他都想干脆将那些猛兽放出来，他们不是要看真正的百兽之王吗？那就遂他们的意。然而想归想，管理员可不敢这么做，丢饭碗还是轻的，要是闹出人命就不值当了。

好在动物园很快也跟上了科技的步伐，引进了一款最新的AR技术，这是一款增强现实的技术，原理是在屏幕上把虚拟世界套在现实世界并进行互动，具体运用在动物园里就是这样的：每个游人人手一份动物百科全书，然后每人发一个特制眼镜，当游人戴着这种眼镜翻阅动物百科全书的每一页时，书上的动物就会在眼镜的作用下活动起来。这种方式一是弥补了动物园里动物不全的弊端；二是与动物互动时丝毫不会再因为动物掉链子而引得游人不满，可以说这种现代版的画饼充饥很好地满足了不同层次的游人所需。

当然，如果有人愿意出更高的价钱，大可以亲临其境在播放动物世界的荧幕上与这些飞禽走兽互动。不过据说画面太过逼真导致很多游人误将虚拟现实当成了现实，从而吓出了心脏病，所以戴着眼镜翻阅动物百科全书是最保险的方式。这款技术解决了管理员很多麻烦，他再也不用担心被投诉了，每次有游人进园，甚至连票都不需要了，用书和眼镜替换成门票就成。直到此时，管理员才知道，原来这些人这么好糊弄，真的放在他们面前时各种不满，对假的却趋之若鹜。

人有时候真是比畜生还难以捉摸。

贾真真也戴过这种眼镜，但却没觉得有什么特别的地方，而且这种方式还不如她看动物纪录片来得划算。她是一个凡事都讲究成本的人，要是觉得一件事付出的成本远大于收获，那她就会及时止损，丝毫不管这事未来能给她带来多大的效益。所以，在动物园还未兴起这种技术之前，她喜欢去动物园，当兴起这种技术之后，她对动物园就缺乏兴趣了。不过她也过了一把在荧幕里与动物互动的瘾。

当她戴着AR头盔置身在荧幕上时，真的来到了动物世界，一只追逐羚羊的老虎正以百米冲刺的速度在她面前掠过，她还来不及看清这头老虎的长相，就听到一声哀号，羚羊惨死在了虎口。一只可爱的树袋熊在树上睡觉，贾真真在地上捡起一根枯枝打扰了它的美梦，让它不满地躲到高枝上去了。这个动物世界非常神奇，几乎涵盖了来自全球不同地区的动物，也就是说，在贾真真当初置身的这片沙漠，她可以同时看到北极的北极熊和南极的企鹅。而且不消一分钟，她就看齐了十二生肖中除龙之外的所有动物。

后来很多古建筑也运用了这种技术，让游人不单单只对着残垣断壁凭吊历史，而是能将游人直接带入某个朝代。有的游人痛恨圆明园被八国联军烧毁，就回到那个时候，趁联军破坏之前，赶紧在圆明园四周加强防御措施，当这名游人成功保护了圆明园后，圆明园遗址管理处就会给其颁发一枚荣誉勋章。不过这么做丝毫改变不了真正的历史，当这个游人拿着勋章在现实中又看到一片废墟的圆明园时，就会失落无比。

这种技术就像鸦片一样，尽管能让游人暂时重振雄风，但事后出现的无尽空虚才是这种技术的症结所在。因为许多游人在极短的时间内体会到了大起大落，从而造成情绪波动较大，所以相应的心理辅导便应运而生。然而，这些心理辅导如何能治愈这种在历史与现实频繁切换所带来的巨大落差。因此，当贾真真在电视上看到这些新闻时，很快打消了前去尝试的想法。

本来她已经将此事忘记了，当她坐在宠物医院的台阶上看到那对怪异的男女时，又想起了这事。这时她觉得他们也许不是在跳舞，因为跳舞者不会戴眼镜，看他们戴的那副眼镜，活脱脱就跟她在动物园里戴的一样。而且他们的跳舞轨迹未免太长了，竟然跳到了路的尽头，中间也不避让行人，而是让行人一直避让他们。

所以贾真真觉得他们一定是在玩一款增强现实的游戏。此时，她感受到猫在她耳后，便将猫从双肩包里抱出来，放在自己的怀里。猫却没朝那对男女看，而是将注意力放到了不远处的那片草坪上。

许多人躺在草坪上晒太阳，还有一些它的同类。这些猫即使脖子上戴了项圈，也丝毫没影响它们的玩兴，它们的主人躺在一旁，用帽子盖在脸上，几片落叶掉在了帽子上。猫跳到主人的身上，淘气地将帽子拿掉了，主人突然被光线惊醒，看到一对橙黄的眼珠，笑了，便坐起来把猫亲了千八百遍。猫嫌恶地将脸挪开，被一片欲落未落的叶子吸引，跳出女主人的怀抱，来到这棵树下，仰望着那片让它好奇的叶子。它想爬上去，本来也能爬上去，毕竟它的祖宗可是爬树能手，但它却在仿似高耸入云的树木前胆怯了。

为了不让主人看出自己的胆小，这只猫用爪子在树干上拼命挠，很快树干上就出现了一道道抓痕，一只蚂蚁在突然出现的抓痕中迷路了，头上两只触角像天线一样，试图找到一条正确的搬家路线。猫见状，用爪子把这个在落雨之前搬家的蚂蚁挠死了。它的主人远远看到它的爪子该剪了，从包里掏出指甲刀，唤猫过来。猫不情愿地回到了主人身旁，当指甲刀发出刺耳的响声后，贾真真怀里的这只猫不由得瑟瑟发抖。贾真真以为它冷，便把双肩包里的围巾披在它身上，然后看着那对男女从路的尽头往这走来。他们已经摘下了眼镜，此时正有说有笑地朝贾真真这边走过来，贾真真发现在这个凉爽的秋天，这对男女身上似乎汗流浃背。

她想站起来问他们刚才在玩什么游戏，不过还没等她开口，这对男女的交谈声就解决了贾真真内心那个悬而未决的问题。

男的看到这几级台阶，告诉女方，下次将游戏地址选在这。女方表示同意，并补充了一些自己的看法，她认为可以用这家医院当作堡垒。她把自己的角色设定成一个被困堡垒的女狙击手，而男方则是入侵堡垒的敌人。

女："看看最后谁能战胜谁？"

男："太好了，这样就更刺激了。"

女："对啊，总比刚才玩的超级玛丽有趣。"

男："刚才当管道工玛丽又蹦又跳真是累死我了。"

22

在这个秋末入冬的时节，饮茶并不适宜，应该浮一大白。然而遗憾的是，那个本以为能够陪贾真真饮酒的林闯却爱上了别人。她对于所有发生在别人身上的爱情都当成肮脏可耻的肉体交易，不仅爱情的萌生是肉体的吸引，而且爱情的死亡也是因为两具肉体之间失去了吸引力，就好比两块消磁的磁铁。

不过话虽这么说，但贾真真还是在心里迫切渴望爱情。她觉得自己的爱情非但不会消磁，还会像钻石一样恒久远，永流传，而且她的爱情一定不会是肮脏可耻的肉体交易，一定是发乎情止于礼的彼此尊重，只有一纸证书才能赐予这两具肉体交欢的合法性。

她很迷信所谓的合法性，对爱情如是，对入学如是，对一个生命的诞生亦如是。如果一名学生没有取得入学通知书，就到教室旁听，无疑是一个偷盗知识的罪犯；倘若一个生命诞生后没有取得户籍证明，简直不算真正的人。

她渴望拥有一个未来能得到合法证明的爱情，说得直白点，她必须保证她的爱情将来一定是以结婚为前提的。她从小到大受的教育要求她必须保护自己，父母告诉她，一个女人如果在未婚之前便丧失了贞操，那么她这一生都不会是一个完整的女人，而且失去贞操的女性在婚恋市场就像过期的食物，除了惨遭丢弃，没有别的可能。

可以说，贾真真自发育成熟以来就秉持着这种原则，尤其每次跟同学聚会时，她更是武装到了脚趾头，即便是在每一个炎热的夏天，赴约前去喝酒的她都会穿得严严实实，不仅不会给在座的男生一饱眼福，就是让他们连想都不敢想，更不用说还想灌醉她伺机占她便宜了。

　　每个人都对她的小题大做感到好笑，称她是生活在19世纪的人。但她却不以为然，还再三正告在座的女同学，一定不要因为喝了酒就听信男生的花言巧语，从而献出自己宝贵的第一次。

　　这话让在座的女生都笑喷了，贾真真的口吻活像一个道德模范标兵，于是她们便趁着酒劲给贾真真普及当代大学生是怎么品尝已经不是禁果的禁果的。她们把场面描绘得香艳又热辣，尤其在成人用品的助兴下，更是达到了天人合一的境界。

　　贾真真这才知道，校外那条小巷子开的那些成人用品店里卖的居然不是药品，而是一些什么皮鞭，延时喷剂，这无疑使她发现了新世界的大门。贾真真被她们说得两颊绯红，心跳加速，并在脑海里想象这些道具的具体使用办法，但在口头上她却一直采取着拒绝厌恶的态度。在座的女同学看到贾真真的反应，不顾有男生在场的情况，一把摸进她的胸部，发现她的两个乳头已经挺得可以穿孔戴耳钉了。

　　贾真真气坏了，赶紧打掉这个女生的臭手，然后趁男生没看到之前赶紧整理好上衣。

　　这名女生让她别大惊小怪，这都已经不是秘密了，姑且不说大学是这样，像她以前就读的中学，就有许多还没发育完善就有孕在身的女生。

　　"我们这个年纪怀孕都算晚了。"该名女生道。

　　这场聚会在情色的加持下，变得更加热闹好玩。许多男生也不遑多让，纷纷讲述自己的破处史，当然，男生一般都好面子，他们会将自己破处的时间提前好几年，二十岁破处的都算晚了，要十五六岁有过性经历的才厉害。

贾真真知道这些男生在扯谎，便任由他们满嘴跑火车，不过对他们说的那句话却在脑海里思考了良久："小男生一般都喜欢比自己年龄大的，老男人却刚好相反，喜欢比自己小的。"

"前者是因为母性使然，后者是因为青春使然。"

他们的意思是说，每一个小男生都会在成熟的女性面前找到母亲的影子，从而产生依恋的感觉；而每一个老男人喜欢小女孩都是因为自己的青春年华已逝，急切想在小女生身上再次感受一回青春岁月。

贾真真觉得非常有理，她觉得这个观点可以在自己看的小说中得到验证，譬如劳伦斯的《儿子与情人》和纳博科夫的《洛丽塔》。想到这，她觉得女生也差不多，她在中学时期就很痴迷那个充满魅力的男语文老师，当她十多年后回到中学校园时，又会被球场上那些挥洒汗水的男生所吸引。然而，在念中学之时，由于内心强烈的道德观念，她没有让语文老师知道自己的想法，在她再次回到中学后，还是因为同样的原因，她不敢去接近那些小男生。

贾真真那个时候才会知道她不仅认知跟不上时代，连身体也与这个时代格格不入。在最该尽情燃烧的时候，她却像蜡烛一样微弱，等到火光将熄之时，她又想添一把柴，让火焰蹿起来。不过当时在聚会现场的贾真真还不会想这么远，当时的她还在努力避免这些下流之言冲击自己的思想，她的思想犹如严丝合缝的壁垒，那些下流话就像子弹，贾真真花了很大的力气，才让这些子弹无功而返。

当她站在寝室窗前，不知为什么，这些子弹好像又卷土重来了，射得她太阳穴都突突乱跳。她不知道怎么了，都说发情总是在三月，为何在这个秋日将尽的夜晚，她浑身却燥热无比。她很想喝一大壶酒，然后脱光身子在寝室里起舞，她不想再这样压抑下去，更不想再搭理所谓的世俗之见。现在不管哪个男生出现在她面前，她都会拥上前去死死将他抱住，然后就在这个放着各种臭袜子和洗脸盆的寝室地板上，将自己尽情释放。

她必须让自己冷静下来，她艰难地在脑海跟自己做抗争，于是她想起了卫生间放的那桶水。那桶水已经好久没换了，不过她不在乎，她一头扎进了桶中，好似在水里看到了鹅卵石和水藻。水进入了她的两耳，让她的脑袋变重不少，当她把头从水中抬起来后，她的长发湿漉漉的，一如瀑布。她将头发擦干，然后重新站在窗前，感到耳内嗡声作响，便歪着头先把左耳的水跳出来，等到感觉左脸颊涌现一小股暖流后，她就知道左耳的水流出来了，于是又把右耳的水跳出来。等到双耳的水都出来后，她冷静了不少。想起刚才的肮脏想法，她感到一阵后怕，于是便把窗户关紧，将窗帘拉上，不再被楼下的一切所影响。

做完这些后，她感到了彻骨的寒意。

她去找衣服披上，没能找到，便猝不及防想起幼时的冬天。那个时候，家乡的冬天非常冷，甚至还能看到瓦片上的冰凌，这些冰凌就像屋檐的帘子一样，老是在清晨太阳出来后往下滴水。室内比户外寒冷，她睡觉前必须要先铺开被子，否则就像钻进一个冰窟窿，而且睡觉时一定要把窗户打开，因为外面的风可以带走一些里面的冷。

那天，她去铺开被子后，看到里面躺了一只全身雪白的猫，蜷缩着，发出沉稳的呼吸声。贾真真气坏了，她的床除了她之外，何时被别人睡过，哪怕一只猫也不行。于是她二话不说拎起猫丢出了窗外，然后用鸡毛掸子把床上的猫毛一根一根扫掉，正准备用手再检查检查时，她意外发现猫睡过的地方温暖如春。

她灵机一动，赶紧来到窗前，将脑袋探出窗外，唤猫回来。只听见一声清脆的响声，让她吓了一跳，以为谁往家里砸酒瓶子，定睛一看，这才知道原来是屋檐上的冰凌掉在了地上，破碎。猫早已跑没影了，贾真真懊恼地回到床前，躺下之前先将四肢搓热，就像入水前的准备工作，然后鼓起勇气赶紧躺下来，迅速将被子盖上，一阵刺骨的寒冷旋即弥漫她全身，让她在被窝里冻得忍不住哆嗦。

她伴着寒冷很快进入了梦乡。在梦里，她发现父母给她买了一张电热毯，让她以后睡觉再也不用像上学一样艰难了。而且她想让电热毯多热，电热毯就能多热，就像冬天已经成了贾真真的仆人，她命令冬天别下雪，冬天就真的没下雪，她让家门前的那个池塘别结冰，池塘就真没再结冰，而且夏荷依旧在水面郁郁葱葱。她看到荷花点缀的池塘，别提有多开心了。

她知道这是一个梦。她的父母不可能会给她买电热毯，因为他们总觉得一切用电的东西都具有危险性，电视如此，电灯如此，电话亦如此。这也是为什么别人家很早就用上了电磁炉，而她家还烧柴的原因。

父亲告诉她，柴比电好。一个是能够控制的危险品，另一个是看不见摸不着说不定什么时候就把你电成烤猪的凶器。贾真真才不要变成烤猪，所以哪怕冬天再怎么寒冷，她都没再要求父母给她买电热毯。每次别的小伙伴告诉她夜里睡得是如何暖和时，贾真真都会将眼白一翻，警告他们当心别变成了烤猪。

虽然夜来睡觉没有电热毯，但在白天，贾真真并不觉得冷。因为真像父亲所说的那样，柴比电好，尤其每天做饭时，她总喜欢待在灶火下，看着炉灶里熊熊燃烧的柴火，闻着铁锅里冒出的饭香，很快就把对冬天的恐惧忘在身后了。

她真想引用父亲常说的那句话——"忘到屁眼里了"。

父亲高兴时喜欢说这句话，生气时同样喜欢说这句话，这句话是万能公式，可以与任何句子勾搭成奸。

贾真真考了好成绩时，贾父说：

"考得这么好，老师自己的知识都被你吃到屁眼里了吧。"

贾真真没考好时，贾父说：

"考这么差，书念到屁眼去了？"

但贾真真不敢这么说，这种话只许父亲自己说，要是听到自己的女儿也说，说不定真会将她"揍到屁眼里"。而且这种话在她家乡的肮脏程度，简直堪比操爹日娘。所以贾真真只有在心情确实低到谷底或者嗨到巅峰时，才敢在心里悄悄说一句。

其他时候，她还是一个乖孩子好学生。

不过一到夏天，她就不愿意再待在灶火下，否则真会被热成烤猪。所以夏天一到做饭之时，她就跑得远远的，让父母找不到，等到饭差不多做好了，再慢悠悠地负手回来，然后看着端上桌的饭菜会故作吃惊地说一句："哟，这么快就做好了啊，我还想回来负责烧火呢。"

都说知子莫若父，知女也同样如此，贾父一眼就发现这小兔崽子在说便宜话，便说："今天有客人来，还得做其他饭菜，快去生火。"贾真真眼珠一翻，在心里默默计算今天是什么节日，发现算不出，遂趁着父亲进厨房端菜的工夫来到日历前，翻看今天到底是给菩萨过节，还是给祖先过节。

当她发现今天既不是农历二月二十九观音的生日，也不是农历二月二十清明节后，就大摇大摆地坐在饭桌前，边夹菜边大声说道：

"别骗我了，今天除了我们，鬼都不会来。"

贾真真在夜里睡到半夜发现不是做梦，被窝确实暖和了许多。起初她以为是自己的体温所致，后来发现不是，而且仔细听被窝里还有呼噜声。她以为床上有别人，吓坏了，赶紧起来，一把掀开被子，发现那只白猫又在被窝里蜷缩着身子打着呼噜。她笑着说道：

"睡觉睡到屁眼里去了，居然不知道这只猫什么时候爬上床的。"

这回她没有赶猫下床，而是和猫一起睡。为了使自己更加暖和，她把猫抱在怀里。就这样，她用一只猫在冬天给自己找到了解决严寒的最佳方式。

贾父发现后，由于贾真真是女生的缘故，就没有轰赶那只猫。当女儿问父亲为什么他的床上不放一只猫时，贾父摸着脑袋看着自己裤裆嘿嘿笑了笑，说了一句让贾真真长大后才明白其意的话：

"你想让你老子变太监啊。"

第八章

23

　　待那对情侣走后，贾真真从台阶上站起来，转身准备进入宠物医院。那只猫已经平静了许多，不过它不想被别人知道女主人带它来医院的目的，所以强烈要求回到双肩包中。贾真真拗不过它，便将它放回去。猫躲在里面，拨开那个被自己咬坏的洞，继续用眼睛观察着周围的一切。

　　没有人知道贾真真的包里放了一只猫，都以为她是大学生，背着装满教辅资料的书包来医院实习。每个人都对她脸上的疲惫表示了同情，尤其那些宠物更是觉得作为这家医院的实习生未免太辛苦了，更重要的是，害怕充满疲态的她在给它们打针时出现差错。许多医院都有这样的惯例，让实习生负责打针，经常把病人的手臂扎出血。希望这个看上去比较好相处的护士业务能力过硬，毕竟它们作为人类的宠物，有时候比人命更加珍贵。

它们可不想在看病时由于护士学艺不精，让主人徒费口舌与其争辩。要知道大多数时候，不仅工作是一件证明自己是蠢人的方式，而且争论的实质也是为了吵赢对方，观点的交换除了证明双方是蠢货，同样不能说明任何问题。这些吃猫粮和狗粮的宠物，和吃五谷杂粮人类没有区别，所以它们也会生病，生病了也需要就医，要是再遇到纠缠不清的蠢货无疑会加重它们的病情。

动物判断一个人类是否为蠢货的方式很简单，那就是看他们的眼睛。倘若双眼有神，大抵就不是蠢人，反之几乎就是蠢人。古往今来，动物界一直用这种方式给人类看相，命中率超过九成，其中看相的佼佼者非马莫属。

马作为人类的坐骑，不单单是伯乐相马，很多时候恰恰是马挑选主人。关羽的赤兔马就是马先相中了他，才有后来为关羽绝食而死的义举，至于它效忠吕布在先，那也是没有办法的事，毕竟它也要骑驴找马，总要等到最适合的主人出现才行。

马是相人大师。历史上很多人都意识到了这点，这才有为马塑造雕像的举动，譬如唐朝的昭陵六骏。不过要说在这方面眼光最毒的动物还是非猫不可，别看它们平时像个老头似的喜欢晒太阳，但对每个经过它身边的人都看得一清二楚，所以当它每次听到人类之间通过出生日期判断一个人的性格时，它就会感到不屑一顾，它们看一个人才不会如此麻烦，只消看一眼对方的眼睛就行了。

贾真真对此也有耳闻，因此好几次想问问这只猫到底对她有何看法，但因为她没学会猫语，所以无法与猫对话。她的猫也知道女主人的心思，好几次都用喵声暗示她，她和它那几个前主人比起来简直可以用不错来形容。都说人类的脑子比较迟钝，这都明摆着的事，还开口询问就没意思了，总之只要明白一点就行，即猫没离开她，她就不算太差。因此当这只猫好几次用叫声告诉她，她还一个劲地追问时，它就懒得搭理她了，赶紧把脸别到一边，千万别让她的口水沾湿了自己的猫须。

猫看人只看眼睛，这是个不传之秘。同样，人类要想刻画出猫的神韵，猫眼也很关键。哪怕写生的艺术生将猫的身子画得如何传神，要是眼睛差点意思，那整只猫就全毁了。贾真真去西安旅游时，在当地的博物馆里看到许多艺术生在里面泥塑雕像，他们泥塑唐代鎏金铜铺首时，能完美地再现主纹的兽面纹，只见兽首睁目蹙眉，阔口大张，利齿毕现，舌卷铜环，面目凶恶狰狞，要是在表面鎏金的话，真可以当成大明宫正门上的门环。

那方汉代的龙纹空心砖，在学生的泥塑下，双龙回首顾盼，前爪拱璧，璧的上方和龙的足下各有一对叶形云纹；璧的下方和龙背上方各有一灵芝草。整个画面，满而不乱，多而不散。流动的云纹，充满生机的灵芝草，祥瑞的玉璧和游龙，构成了一幅生动自然的"二龙拱璧图"。

至于那个饰有巨蟒的秦朝陶水管道，就更不用说了，贾真真见到时，因为那个学生去上厕所了，就对着这个仿制品啧啧称赞起来，甚至拿出手机将它三百六十度拍了一遍，然后上传到朋友圈。当那个学生回来后继续用美工刀在上面抛光时，其他人见状不禁笑话贾真真眼拙，分不清真假。但贾真真却不怒反喜，因为这更加说明一个道理，那就是今人完全有能力还原古物。

要说泥塑有什么困难处，除了无法很好地塑造猫眼外，没有什么能让这些未来的雕塑大师犯难。贾真真在那个泥塑古狸猫的学生背后站了许久，发现他泥塑好了猫身和猫首后，一直没办法塑造那双泛黄的眼珠。反正用了许多种办法，就是无法最终让这只泥塑古狸猫生动起来，这名学生急坏了，本来他以为泥塑这只猫比其他展品更加容易，没想到却在那对眼睛上遇到了困难。站在他背后的贾真真也急坏了，真想借来张僧繇的双手，为这只猫画龙点睛。

最后当贾真真一行参观完展览，准备离开博物馆时，看到这名学生仍然对着那个没有眼珠的古狸猫一筹莫展。只看他一会儿将眼睛贴在橱窗前，仔细观察展品的眼睛，一会儿又回到泥塑品上，用双手试图将那对眼珠捏出来。但依然没有那种意思，于是这名学生便觉得没什么意思，虽然感到不好意思，也只好将没有眼珠的古狸猫塑像交上去，说不定导师会觉得有点意思。

贾真真没有将这种事告诉过同学，即便说了这些大学生也不会相信。在这个瞳孔识别技术得到飞速发展的今天，没有人会相信人类还无法刻画一只猫的眼睛。在他们看来，在这个时代，就没有人类做不到的事，他们甚至深信在不久的将来，人类可以利用地震和海啸研发出新能源，从而弥补地球上资源不足的缺憾。他们一直眼高于顶，对于这种细枝末节的小事始终没有正视。

她的猫有时也能知道女主人内心的困惑，所以就想手把手教她其实画猫的眼睛非常容易，只需要注意好眉眼的弧度就行了。猫的眼睛和狐眼差不多，都是有种魅惑的感觉，而刻画魅惑人类就非常擅长了，只要将这种眼神利用在猫身上就能达到事半功倍的效果。这样一来，在猫眼上所做的无用功就会大为减少，也不用试图呈现出猫的可爱状而不惜把其他浊物的眼睛画在它身上了，比如将猪眼画在猫身上，把鸡眼也画在猫身上，甚至只需贾真真照照镜子，好好看看自己那双狭长的丹凤眼，也能明白画猫眼的窍门。

猫的教学方式同样很简单，那就是每次去抓猫砂时，只要贾真真留心看，就能知道猫不是在信笔涂鸦，而是在这些看似缭乱的抓痕中画出了自己的眼睛。但可惜的是，每次贾真真看到猫去抓猫时，不是去清理它留在上面的粪便，就是将它的爪子给剪了。

从那以后，猫对人类这种徒弟就没有什么耐心了，直到此时它才会怀念祖上收老虎为徒时的情景。从这方面来说，这些笨重的老虎都比人类聪明多了。不过当它在动物园看到被人类豢养的那些老虎后，会觉得要比聪明还是人类更胜一筹。

然而当它这回置身在宠物医院时，它又会对此产生疑问，因为那个身穿白大褂的宠物医生看到它的主人贾真真背着双肩包进来时，以为有实习生给他送礼来了，就轻轻地将她引到了一个阴暗的楼梯间。当光线突然在猫面前变弱后，猫以为天黑了，只有当它听到那个男医生的话时，才会知道这一切到底是怎么回事。

男医生："现在送礼还敢如此明目张胆，不要命啦。"

贾真真："我是来看病的。"

男医生："还装，你又不是动物，来宠物医院看什么病？"

贾真真："是我的猫。"

男医生："瞎说，只有你一个人，哪来的猫。"

就在男医生盯着贾真真的双肩包双眼放光时，贾真真从双肩卸下这个背包，然后从里面掏出一只怒睁双眼的黑猫。男医生一见，心里有点发慌，尤其在这个阴暗的楼梯间，更是觉得脊背发凉。

黑猫在黑暗里发出绿光，使劲盯着这名男医生。医生被它瞧得心里发毛，赶紧离开楼梯间，此时他内心的阴暗想法早已被剧烈的心跳所取代。贾真真快速跟了上去，问他什么时候给她的猫结扎。男医生不耐烦地让她去前台登记。

当贾真真走到前台时，前台的人却盯着她的眼睛一直给她推销双眼皮手术，并再三表示现在做可享五折优惠套餐。贾真真这才发现原来自己走错地方了，来到了一家整形医院。再看前台时，发现前台变成了发出寒光的手术刀，而且刚才那个男医生瘆人的笑声也不断地传到她的耳畔。

24

这座大学靠近飞机场，经常有轰鸣的飞机从头上飞过。飞机除了从此地抵达彼地，中途也将旅行的气氛带到了这座校园，尤其当贾真真仰望头顶飞过的飞机时，更是会觉得自己也到达了某个旅游胜地。

飞机是证明人类不安现状的标志，贾真真之所以就读大学，同样为了远离熟悉的环境。起初她并未觉得大学能给她带来什么改变，因为除了课本不同，其他和中学时期并无二致，而且课业的轻松让她隐隐觉得大学名不副实。随着毕业季的到来，她才会知道大学与中学绝非一字之别，而是在大学里能第一时间知道外界的消息。她在中学时期也能知道外界的消息，但那种消息无非是哪个小混混又进派出所了，谁家的父母又因为出轨闹离婚了，某个同学又因为学业繁重轻生了。

在大学里的消息就比这些高级多了，不说霍金再三把世界末日的时间提前，也不说世界格局的变化，单单自己的专业所面临的就业前景就让她觉得不虚此行。不过也并不是所有人都如她这般，只仰望璀璨绚丽的星空，对植根在土地上的蝇营狗苟之事不屑一顾。当她每次兴冲冲地准备跟同学就某个科技问题深入探讨一番时，才会发现她的大学同学跟中学同学毫无区别，同样尤为热衷鸡零狗碎之事。

如果说，她的中学同学是对身边丑闻趋之若鹜的话，那么她的大学同学则对明星八卦蜂拥而来。也许大学的意义即在此：放宽眼界，专注明人隐私。贾真真可以理解中学同学的举动，却对大学同学的行为感到一头雾水，因为前者毕竟离生活较近，后者太像咸吃萝卜淡操心了。所以从那以后，贾真真在校园里就逐渐沦为了另类，既不知道时下流行哪个明星，更加不知道当下的热点是什么。同学都觉得她是生活在不同时空的外星人。

只有每当看到天空的飞机时，贾真真才会觉得自己并非如此孤单。她当时还没有坐过飞机，她家乡的人也大都没有坐过。她相信飞机是当下最时髦的出行方式，因此当她第一次坐飞机时，激动程度就可想而知了。她将自己第一次坐飞机的经历添油加醋地告诉给家人时，父母及一众乡邻也表现得像个小孩，问了许多让她哑然失笑的问题，比如飞机上可不可以打开窗户通风，厕所的粪便最后到哪去了。

那个时候贾真真对这些老乡还很有耐心，一一给他们解答这些问题，告诉他们飞机上的窗户是不能打开的，因为飞机一般飞行在万米高空，若是打开的话，全机的人都会瞬间冻毙，而且飞机窗户之所以是圆的，是为了减小应力集中，提高机体的疲劳强度。至于厕所的粪便最后去了哪，他们看到的那些从天而降的蓝冰就是粪便，因为乘客上完厕所后，粪便就会与其中的蓝色清洁剂混合在一起。

贾真真说完这句话后，有一块蓝冰的乡亲脸上的笑容瞬间凝固了，然后赶紧丢掉手里的冰块，去水龙头边漱口，引得其他乡亲笑得满地打滚。

唯一让贾真真觉得不足的地方，就是坐飞机时携带的宠物只能托运。她后来在城市养的那只黑猫在她第一次回家乡时，死活不愿意被托运。贾真真本来想将它装进双肩包中，以图蒙混过关，但最后还是被安检发现了。

没办法，她只好让不回家过年的同事帮它养几天，回到家乡的贾真真每天都在担心那只猫，每隔一个小时就通过微信问同事，她的猫怎么样了，有没有及时喂养。她的同事不堪其扰，最后索性不再搭理她。

因为心思都在猫身上，当有小孩到她家去拜年，试图拿到几张红包时，发现这个女大学生好像不太欢迎他们，于是就回去跟他们的父母告状，说她欺负人。

　　不管她怎么解释，他们都不相信，为此本来是一个祥和的新年，生生被一只猫搞得乌烟瘴气。贾真真最后实在受不了了，就提前几天回到了城市，当她看到那只目测瘦了不少的猫时，心疼坏了，从此再也没跟那个同事说过话。

　　与贾真真喜欢坐飞机不一样的是，她的大学同学同样对飞机没什么兴趣。他们觉得飞机徒有虚名，说是能缩短出行的时间，但很多时候由于天气原因会耽误更多时间。而且飞机看似安全，但只要出现事故，没有一个能逃脱。贾真真听到这些后，也认真考虑起飞机的安全性，不过她在网上没有搜到多少关于飞机失事的新闻，按她同学的说法，"都被压下来了"，这就成了口说无凭。贾真真对任何没有证据的事一概不相信，当她试探性地跟父亲说起这事时，不知道是不是因为坐飞机比较有面子，还是因为其他原因，她的父亲说了一句让贾真真无法理解的话：

　　"怕什么啊，要死也有一飞机的人垫底。"

　　原来，只要有人垫底，死亡也会变得不那么可怕。这没有给贾真真任何安慰，反而还觉得父亲有点冷血。当她意外得知很多乡亲也持有这种看法时，她才会好好思考，一个人死亡和集体死亡的最大区别。她想了很久没有想通，最后还是借助新闻暂时想通了这个问题。每当看到新闻上出现一例死亡名单时，她就会深深同情死者，还会担心死者的家属能不能迈过这道坎；当在新闻上看到的死亡名单上有数百人之多时，她就会觉得没什么大不了，只是一串数字而已。

那晚在寝室里的贾真真找了很久都没有找到衣服后，就抱着胳膊坐在床上，看着寝室熟悉的一切，楼下的喧嚣还未停止。就在此时，又有一架飞机从校园上空飞过，熟悉的轰鸣声让她暂时平静了许多。她跑回到窗前，将窗户再次推开，但这回，她没再去看地上，而是仰着头望着漆黑的夜空，融入黑夜的飞机只能看到隐隐约约的灯光，看不到整架机身，也看不到像瀑布般的飞机云。

地上所有人的注意力都没从地上那个心形烛光中移开，只有贾真真一个人试图在黑夜中找到自己存在的位置。

这时，她甚至忘记了刚才抱着胳膊在思考的那个问题，即东西缘何老是无故消失。这是一个考验人类的终极问题，只要解决了这个问题，世界上许多的未解之谜也能相应得到解答。贾真真知道此时这个问题已经变得无关紧要了，事情就是这么奇怪，如果她费心地去找，东西就一定不会找到，但要是她不想去找了，东西一定会自动出现。

消失的东西喜好玩捉迷藏，总是在人类找个半死后还不出来，等人类不想再玩了，就自己乖乖随便从一个角落跑出来。要是全天下所有失踪的小孩都能如此听话的话，那么世界上的妈妈就不会白流这么多的泪水了。

她已经忘了眼前之事，即使夜风吹得她浑身发抖，她还是不想转过身继续寻找衣服。她现在的需求很简单，就是目送飞机最终消失在黑暗里。她那副只在看书时才戴的眼镜此时派上了用场，她从脖子上将眼镜戴起来——为了防止眼镜也突然玩失踪，她一般把眼镜用绳子挂在脖子上，这种方式是她迥异于别人的另外一种证明，为此许多人都觉得她不像学生，而像一个老学究——此刻这个老学究将眼镜戴好后，将飞机上的灯光看得更加清楚了。夜空辽阔，让时速七八百公里的飞机还能在贾真真的视线面前停留久一点。

飞机由大变小，渐而就变得如她的小拇指那般，当飞机最终变得如一豆灯光时，贾真真就要不舍地摘下眼镜，揉揉疲惫的双眼，然后再眺望远处一会儿，让眼睛能得到充分的休息，就像她每次看完书那样。此刻，她眼镜还没戴上多久，飞机的踪影就难觅了，她以为是楼下的喧嚣吓走了飞机，就想用眼睛瞪视下方，吓跑这些好事者。不过由于害怕见到楼下那个最不愿意见到的人，所以即便飞机早就已经飞走了，她还是目视前方，目视着飞机消失的那两颗星辰之间。两颗星辰的光芒在飞机消失后，变得格外耀眼，甚至能用手指丈量出它们的距离。

不远不近，和地图上北京与天津的距离差不多。想到这，她又有点感伤，她现在离楼下那个人这么近，但心与心之间却好似隔着一个广袤的太平洋，她不知道什么时候才能涉过海洋，来到彼岸，与他的心重新黏合在一块。

于是她决定关窗了，关窗之前当作不经意地往楼下扫了一眼。就是这个举动让她的心陡然加速起来，林闯也在楼下看着她，此时正与她四目相对。贾真真生气地将窗户重重关上，然后回到床上，扯着衣角不知所措。

敲门声就这样很快猝不及防地响起了。

25

贾真真的猫在宠物医院前台听到双眼皮手术时，想起了一段不堪回首的往事。在贾真真之前，这只猫有过两个主人，第一个是整容医院的文案策划。整容医院在一个偏僻的小巷，但是广告却遍布整座城市，公交上有之，地铁上有之，就是商场里的LED显示屏上亦有之。总之，关于变美的广告在这座城市无孔不入。

虽说整容手术有风险，但还是吸引了众多爱美的女性朋友。这些女性的年龄涵盖老中青三代，甚至还未发育完善的小女孩也整天做着飞上枝头变凤凰的美梦。这只猫的第一个主人看到趋之若鹜的客户，心里委实过意不去，他每天的工作是为每一个做完手术的女士拍摄康复视频以及撰写手术疗效，然后将视频和文案上传至医院的网站。他之所以心里有愧，是因为很多时候手术效果并不像他在文案里写的那样，可以在几个月之内重焕青春。

姑且不谈像什么抽脂，使下巴变尖等大型手术，就是一些像什么苹果肌填充、隆鼻和割双眼皮等小型手术都经常不尽如人意。每次拍摄客户手术前的视频时，他都会觉得这些人无非是把自己推向火坑，当拍摄手术后的视频，用与术前的样子做对比时，不出意外，很多客户都会觉得越整越丑了。这时他的重要性就体现出来了，整容医院早已培训了他一些回应的必备话术，比如时间还没到，或者要想彻底变美绝非一次手术可解决，必须要再做几次手术才能达到影视明星的效果。不得不说，这种话术很能蛊惑人心，这些客户很快就按照整容医院的要求，依次做了其他手术，但当纱布拆下来后，却发现自己的眼睛并没有变美，额头也没有变得饱满，就是那个坚挺的鼻子也由于手术变得有些塌。

这种情况同样还有相应的解决办法，那就是和其他商品所做的广告一样：广告与实物有出入，以最终样品为准。若是买的快餐或者家具也就罢了，但现在竟说整容后的效果以手术所能呈现的最终样貌为准，这就有点让人无法接受了。因为众所周知，家具可以退货，整容手术却无法退货。每次当这位文案策划说出这句"以最终手术结果为准"时，他就知道又到了整容医院该搬家的时候了，于是就会提前打包好办公桌上的用品，然后等待医院的通知。

搬家一般都趁夜晚，趁那些手术失败的患者还将信将疑之时，他们会租一辆可以一次性容纳所有办公用品和医疗器械的大卡车，然后趁着无人的夜色开往下一个目的地，可能还是一处民居，或者办公楼，当然租赁办公楼出了事要跑很困难，所以整容医院即使赚得盆满钵满，还是喜欢租一些便宜又易于逃生的民居，最好靠近大路。等他们重新租好一个新的场地时，会换掉上一个公司名，但会保留"整容医院"四个字，网站也会相应改名，上面的视频主人的姓名也会杜撰成其他名字，如果碰上常见的名字，就不需要改，因为全国可能有几百万人都叫这个名字，没有人会知道这个名字到底是不是那些客户。有时嫌麻烦，他们连一些罕见的姓名也懒得更改，如果对方找上门，大可以把那些术前视频拿出来，看看是不是长得一样，都整过了哪还会一样，就算把术后视频拿出来对峙也不怕，因为这种视频是经过抠图加工美化的，显然和整过的实物差距甚大。

可以说，整容医院之所以有胆子在女性身上动刀，早就想到了所有的退路和可能性，堪比狡兔三窟。

这位文案策划身兼多职，既要拍摄视频撰写宣传文案，有时还要翻译，将外国网站上一些早就淘汰的整容产品变几个字眼，当成国际最前沿、最尖端、最安全的新产品鱼目混珠，比如将奥美定当成玻尿酸，等等。他很多时候由于良心有愧，向医院再三请辞，但都被医院说服。

医院自诩是在做一项跟时间竞赛的伟大项目，按医院的说法是，反正所有女人最终都会在时间的流逝下人老珠黄，他们的目的就是让午纪大的女性还能像少女般鲜活，让年纪轻样貌不佳的女性像成熟女性那样风姿绰约，可以说，他们既要与时间竞争，又要与时间合作，只有这样，他们才能造福不同的女性群体，让年纪大的女性再次被丈夫所宠爱，让年轻的女性能找到如意郎君。这不单单是为了天下女性，同样也是为了天下的男性。没有一个男的愿意娶一个丑女人回家。当然，虽然有时候的确会发生一些失误，但不能因为出现了错误就放弃不干，就像有的人能逃过时间的魔爪，始终青春年少，也要允许有人手术失败，这也是他们工作的挑战之一，毕竟太过顺利的事干着也没多大意思。

　　这个文案策划显然被说服了，辞职确实容易，但如果突然没了收入，房租怎么办，他养的那只黑猫怎么办。就这样，他继续硬着头皮干了下去，久而久之，也逐渐变得心黑脸皮厚，说起谎话来就像花钱一样行云流水。不过每天他都不敢放松警惕，而是时刻注意门外，就怕有人突然找上门，将他们公司拆了。直到有一天接到一个客户的投诉电话后，他才知道自己真正到了离开的时候了，他看着一直带去上班的那只黑猫，挂完电话后不打招呼就跑了。

　　等到那个大学生客户带着人上公司来时，他已经买好了回家的车票。这位大学生客户做的是双眼皮手术，做完后发现眼皮闭不上了，睡觉也眯着眼，经常吓坏寝室的同学。她要让这家医院给她一个说法，哪怕不要双眼皮，让她睡觉能闭眼也好。医院让她躺下来，检查她的眼皮，发现真闭不上，就像重瞳一样。医院很紧张，最后退还了对方所有手术费用，表示他们没办法还原，让她去正规医院做。

大学生看医院态度较好，而且还拿回了钱，于是就没再纠缠，带着这帮人回去了，走到门口时，发现一只黑猫在盯着自己看，以为是只流浪猫，就将它抱在怀里，从此成了它的第二个主人。

这只黑猫找到第二个主人后，日子过得也不太好，虽然不用再像上次那般整天担心被主人遗弃，然而大学寝室毕竟住了其他人，这些人不像她的新主人那样待它这么好，经常趁它主人不在时凌辱它，有时候还扬言要把它从三楼丢下去。它吓坏了，只好每天瑟缩在主人的衣柜里，等前去修复眼皮的主人回来后才敢出来。

这个女大学生找了很多家医院，都表示修复眼皮的手术风险太高，一定要对方的家长来医院签字才敢做。她割双眼皮时都瞒着其他人，以为其他人都是傻子，看不出她一下子变好看的眼睛，要是问的话，就借口说因为双眼皮胶水用久了的缘故，现在手术失败了，她更是不敢跟其他同学说，如果还是会问的话，就说眼皮被胶水黏住了，闭不上。同学都不敢告知，何况家人。要是家人知道她贷款去整容的话，说不定会打将到学校里来。

她想要的是突然的变美，而不是让人家知道是如何变美的。

每家医院都要家长签字，因此这名女大学生决定就此作罢，闭不上就闭不上吧，反正白天人们的眼睛本来就是睁开的，至于晚上睡觉戴个眼罩就行。所以她从那以后就没再去咨询其他更多的医院，而是睁着一双在白天好看，但在夜里却闭不上的眼睛度过接下去的大学时光。因为换了宿舍，所以没有人知道她晚上和睁眼睡觉的张飞一样，而且看到她夜里戴的口罩好像很有意思，其他人也去买眼罩戴，就这样，在其他眼罩的掩护下，她晚上再也不用提心吊胆了。

不过虽然无人知晓她的秘密，但这只黑猫却一清二楚。它每天晚上甚至能通过女主人戴的眼罩看到那双闭不上的眼睛，眼睛如果在白天，的确睁着比闭着好，但一到了夜里，就是闭着比睁着好了。

它曾经听父亲说起过一个远古血亲。这位血亲拥有双瞳，拥有透视黑暗的能力，为古埃及法老所宠爱。每次祭师祭告上天时，就让这只双瞳猫在场，因为其他人都看不到神的降临，只有它能看到。而且它还能证明祭师是否在欺骗法老，在它几次的帮助下，法老知道祭师在骗他，并未有神到来。于是法老就削去了祭师的职位，祭师为此极为痛恨这只猫，时刻做好复仇的准备。

终于在一个夜里，祭师伪装成神，吸引双瞳猫的出现。待双瞳猫出现后，旋即用一把匕首生生剜去了它的双眼，让它从此变成了一只瞎眼猫，惨遭法老的遗弃。

当几千年后，考古学家成功在埃及出土了一只没有眼珠的猫木乃伊后，黑猫的父亲在电视上几乎是瞬间就认出了这只流传在家族内部的双瞳猫。这只没有眼睛的猫身上涂了灰、黄、绿、黑、白五种颜色，考古学家为了还原这只猫的眼睛，用黑色天然水晶镶嵌它的左右眼，眼白用白垩岩石，最后眼眶用蜂蜡密封，做完这些后，考古学家发现这是一只双瞳猫，大为惊讶。

而这个主人晚上睡觉时，闭不上的眼睛像极了刚出土时没有眼珠的双瞳猫。关于这只双瞳猫的传说还有下文，话说在它的眼珠被剜掉后，新任法老是一个爱猫人士，就让人将猫的眼皮缝补起来，没想到这样一来，它又恢复了能够透视神迹的本领。新任法老为了感谢它，多年以后，在自己临终之前，也差人给它制作了一具木乃伊，永远陪伴在他的身旁。

随着时间的推移，变成木乃伊的双瞳猫补上的眼皮逐渐绷裂了，出现了一双空洞无物的眼睛。它与那位法老就这样在金字塔中成了凝固的永恒，直到千年后重见天日的那天。

这只黑猫找来针线，趁着夜里寝室鼾声如雷的时候，准备给这个女大学生缝补眼皮，那个时候它的爪子还未剪去，如果无法使用针，就用爪子穿针引线给她补上眼皮。主意打定，它倏忽跳到了女主人的床上，小心地摘下她戴的眼罩，迅即出现的一双翻着眼白的眼珠让它吓了一跳。它倒抽一口凉气，然后控制好自己的心跳，慢慢地将针线穿进眼皮，它毕竟是只猫，不知道哪怕是一个小手术，对于怕疼的人类来说，也需要事先打麻醉，没想到针刚一接触到她的眼皮，就让她惊醒了。

女大学生赶紧打开手机屏幕，发现那只黑猫拿着针线居然准备给她动手术，吓坏了，赶紧一脚将猫踢到床下，然后找出一个红色的塑料袋，将它装进去，从三楼果断地丢了下去。丢完后，这位女大学生才想起母亲的忠告："收养流浪猫会带来灾祸。"

这只从三楼被丢下的黑猫命大，没死，赶紧咬坏塑料袋，钻出来。漫漫长夜，它一时竟不知道该去哪过夜，那间寝室是不能再回去了，否则无异于找死。它沿着那座过街天桥，在桥上看到前几天女主人为寻找它贴的一张启事，它没去管，径直来到天桥的对面。它决定重新寻找一个新主人，但夜里却没什么人，终于瑟缩着身子在凌晨时分看到一个手拿大包小包，准备搬到地下室的贾真真。

它喵了一声，冲了上去。

第九章

26

大学校园里经常有野猫浪迹在食堂周围，每当夜晚降临，这些野猫就会聚集在食堂背后的垃圾桶边，由一只猫头领负责分配这些残羹剩饭。它们按照严格的等级站成一排，每当轮到队伍后头的野猫时，只能领到几粒米饭和一些青菜，肉都被排在最前面的老资格野猫分走了。于是猫的战斗就在夜晚打响了，让许多夜猫子情侣纷纷吓一跳，由此引发的关于鬼神的荒诞传言就这样不胫而走。野猫会用每一次战争重新论资排辈，那些起初排在前面的老猫就这样经常被迫让位，无奈让身强力壮的年轻猫排在前面，不过这种情况不会持续多久，几年后，这些年轻的猫也会变得气虚体弱，试图用资历保住自己的饭碗时，后头接替老猫的新一代年轻的猫照样会用拳头夺走最好的位置。

猫的世界也像人类一样，刚开始都用拳头划分势力范围，后来也用资历吓唬年轻一代，然后不断循环往复，就像四季不断嬗变一样。

这些野猫没有一只意识到猫族的困境，它们只求暂时的肚儿圆，对即将到来的危机置若罔闻，或者干脆就不会去想。在贾真真大四那年，这些终夜徘徊在食堂周围的猫群里，终于有一只意识到了问题，并当众将这个问题说了出来，委实引起了猫族内部的大讨论。它们讨论的结论就是打入食堂内部，获取更多生存资料，但是人类建造的食堂坚不可摧，屋顶也用钢筋水泥浇筑，无法像从前那样，只要破坏一片瓦就能进去大快朵颐。而且大门也用铝合金制成，锁也换成了密码锁，至于门缝更是连一丝风都吹不进去。

它们只能贿赂校园里的师生，让他们将自己带进去，不过这样一来，就与野猫一族的宗旨相悖：誓死不食人类的嗟来之食。不过话虽这么说，还是有一些脑筋活络的野猫找到了果腹的办法，那就是暂时放弃尊严，成为人类的宠物，只有这样才能打破猫族内部的历史周期律。

猫首领是一只拥有楔形脸蛋，眼睛为琥珀色，眼四周并有一圈深色色环的漂亮公猫，它也觉得这不失为一个好办法，但它不敢当众说出来，而是背后怂恿几个忠诚于它的打手将这事试探性地说出来，如果有许多反对意见的话，那这件事就到此为止，若是赞同者居多，那么这件事当即就可进行，而且它一定还会再三推让一番，只有经过三次谦让后，它才能毫无心理负担地由头领变成一只宠物，它的那些手下也能安心各自去找属于它们的主人。

但遗憾的是，虽然最后赞同者居多，但那只最早意识到猫族困境的猫反对的声音却最大。这个反对者拥有一张酷似人脸的面孔，体态瘦削，双眼为杏仁状，奔跑起来像鬼魅一样飘忽无踪。

猫族都很看重它的意见，尤其当它说出此举的弊端后，更觉得它才是它们的领路人。反对者的意思是，如果成为人类的宠物，那和那些没有骨气的宠物猫还有什么区别。当年它们之所以成为漂泊无依的野猫，就是因为不想附庸于人类，并为此不惜和另外的同类决裂，那些同类就是现今饱食终日无所事事的家猫。首领猫深觉有理，但还是提出了自己的看法，当年之所以分化出来的野猫能活得逍遥自在，就在于那时老鼠还遍地都是，对于食物从来不会如此稀缺。现在既然老鼠濒临绝迹，人类又发起了所谓的光盘行动，那么对野猫家族的出路唯有一条：成为宠物。

两方都各有道理，谁也说服不了谁，其他野猫也一时不知道该听哪边。猫首领的领袖地位受到了威胁，杀心顿起，它指示其打手将反对派咬死，只见一声令下，那只反对猫还来不及逃跑，旋即死于打手出其不意的攻击之下。然后首领猫适时叼起这具反对者的尸体，震慑群猫，其他猫瞬间吓得蜷缩一团，不敢再有任何异议。

虽然没了反对派，猫首领此时也有点心里没底，害怕真应了对方刚才所说，彻底沦为无用的宠物。所以它提出了一个试验性的做法，即由它先行一步，看看最终结果如何。这个做法合情合理，不仅在于作为一个首领本身的率先垂范的作用，更是因为首领是它们之中毛色最漂亮，体格最雄壮的，由它出马，一定能让那些喜好美丽的肤浅人类放松警惕。

因此接下来它们只要负责找到一个合适的主人就成了。但随着时间的流逝，它们找了许久都没找到合适人选，这个主人第一要爱猫，第二要有钱，最好还能在学校里说上话，只有这三者俱备，首领才能得到主人的宠爱，并能给它开小灶，它才能带领手下去蹭饭，如果这个主人还能建议学校解决野猫的吃饭问题，那就最好不过了。

这是猫族的三步走计划，现在最关键的是如何走出第一步，即找到一个能收养野猫的爱猫者。首领毕竟是首领，不会像野狗那样毫无尊严地倒贴人类，它一定要当作不是自己去找人类，而是人类主动来找它的样子。但很可惜，识货者并不多，很多人见到它一副孤傲的脾性非但没有上钩，反而吓跑了。直到此时，它才会觉得古时候姜太公要是能教猫族那门钓人心的课程的话，那它现在就不至于彷徨无措了。

既然没人主动上钩，猫首领只好放低一点身段，主动先示好人类。但这个法子同样行不通，那些人一见到它的样子，觉得领养它太过麻烦，不仅要给它剪爪子，还得给它做节育手术。好在这只猫不知道宠物猫要阉割，不然它一定会中途放弃，毕竟比起肚子，命根子才更重要，让它变成一个无法行房的太监，不如饿死算了。

它此时颇为后悔杀死了那个反对者，还是对方说得对，要成为一个宠物并没有看上去的那么简单。但说什么都晚了，只能咬牙继续，此时要是放弃，那它的领导地位一定会松动。它将整座校园跑了几遍，先是在体育场驻足了许久，想从那些在球场上挥洒汗水的男生中选择一个做自己的主人，但这些人只爱运动，不爱宠物，它只好又来到教学楼前，趴在门口等待下课出来的学生，但学生都逃课了，没有几个人从这扇门里出来，中间确实有一个人盯着它看了许久，还试图蹲下来抚摸它，并在嘴里念念有词："好一只罕见的猫。"这句话让它大为激动，以为终于找到靠谱的主人了，没想到这个人很快站了起来，走进了新闻系的编辑部，再也没有出来。

晚上到来后，它还是形单影只，也不知道自己走到了哪，抬头一望，发现眼前这栋楼里的灯光稀稀落落，一个负责查寝的男老师在楼下用手电筒往没有亮灯的窗户里照，想上楼又不敢，在楼下急得直拍大腿，就在这个老师准备返身回去时，手电筒刚好在地上探到了这只猫。

查寝老师一拍大腿，终于有办法了，都说猫可以驱赶夜里出现的脏东西，要是抱着它上女生寝室楼，还怕什么妖魔鬼怪啊。说干就干，于是他将手电筒插进兜里，然后双手做着欢迎的姿势，让这只猫跳到自己怀里来。

在这栋楼的另一边，一个心形蜡烛正在被点燃，正吸引着许多围观者的到来。这只猫隔着几步远就能闻到这个老师身上的味道，猫对一些从事特殊职业的人类怀有恶意，一是屠夫，二是医生，三是油漆工，因为这三种人身上的味道都能让猫身体不适。同样，猫对一些从事其他职业的人类却怀有好感，一是教师，二是园丁，三是厨师，因为这三种人身上的味道能让猫感觉很舒服。

现在这个人身上的味道就带有老师的气息，它高兴坏了，迅速冲到了对方的怀里，然后用那双像涂有眼影的眼睛望着他。查寝老师被它看得有些不好意思，他的口碑虽然在同学之中不怎么样，没想到这只猫却天然亲近他，这让他大为意外。

于是这个一直在楼下通过灯光数量查寝的老师，终于第一次进入寝室楼里查寝了。走到二楼的时候，漆黑的楼道让他吓了一跳，好在猫眼明亮，让他安心不少，他跺了跺脚，楼道里灯光亮了，然后往左边第一间寝室走去，这间寝室没亮灯，他不用敲门就知道里面的学生一定都夜不归宿。他将每一间没有亮灯的寝室都登记在册，一直走到五楼贾真真的寝室门前。

这间寝室让他犯了难，说是没人吧，却能看到门缝里渗出的灯光，说是有人吧，里面却一点声音都没有，难不成里面的学生都是好学生，早早就睡下了？不可能，睡下了一定会关灯。想到这，他吓了一跳，想起刚才登记的那些没亮灯的寝室，害怕冤枉无辜，毕竟真有已经睡着关灯的寝室。不过他也管不了这么多了，决定将错就错，大不了出了麻烦推到那些真正夜不归宿的学生头上。

想到这，他业已消失的责任心终于回来了，抬起手扣响了贾真真的寝室门。

27

贾真真对于爱美有自己的见解，而且她隐隐觉得整容医院的客户不应该面向女性，而是面向男性。女性在一些化妆品的装饰下就可以达到变美的目的，而男性要想通过化妆变美的话，起码还要再过几十年，因为现阶段的社会对男性化妆的包容度还没有这么大。

每次她在城市街头看到那些未到中年就变得邋遢的男人时，就会觉得这座城市的流行风尚其实是由女性引领的，而那些男士实则对这些一点贡献都没有。所有人的焦点都放在了女性身上，好像女性本身的漂亮程度就决定了这座城市的时髦程度。如果女性都是宠物的话也就罢了，人类确实喜欢过度装扮自己的宠物，不仅给它染色，穿衣服，还把多出来的毛发理掉，可问题是这些女性都是有极强的自我意识，她们有权利决定自己变成什么样子，哪怕将头发弄成黑人的脏辫，在脸上敷上各种不同颜色的粉也在所不惜。

而且女性本身就自带广告效应，走在街上自动能吸引旁人的目光，因此整容很多时候对她们来说只能是锦上添花，对那些男性而言，整容才是雪中送炭。尤其每次贾真真看到这些漂亮女性身边的男朋友时，更是会疑惑这些男人是一出生就如此落伍，还是后来因为工作压力的增大，索性自暴自弃了。可能这就是那些街拍艺术家只专注女性而忽视男性的原因所在。

所以，在这种情况下，贾真真认为整容医院的客户应该是那些男性。这个世界对女性过于苛刻了，不仅要让她们在职场像男性一样能干，还要会生孩子，如果哪个女性宣称她从不下厨做饭的话，整个社会说不定都会用口水淹死她。在封建社会，对于女性的要求同样苛刻，但那时起码不要求她们出来赚钱。现在社会的女性本来以为能够通过赚钱争取更大的话语权，没想到却常常大失所望，导致自己活得还不如封建时代的深闺怨妇。

贾真真每次在街头看到那些整容广告时，都恨不得找上门去，建议那些一向自诩为美神维纳斯的整容医生，睁开眼睛瞧瞧这个社会到底谁才更应该整容，而且作为医生的他们，本身也是一副邋遢样，秃头将军肚就不说了，能不能早上洗洗脸，把鼻毛剪剪，将眼屎清清。这种样子如何能让人信服他们有高超的整容技艺。

但她只敢在心里想想，从未付诸过行动，不是害怕这些医院不听她的，而是自己一旦进去的话，说不定这些医院会将她整个人否定，不是说她脸不够尖，就是说她眼睛不够大，甚至还会通过判断她的形体，说她的胸不够挺，屁股不够翘，而且两腿之间的缝隙好像过大。先不说前面几条是否属实，单单最后一条就会引起别人的误会，她在中学时期无数次在那些男同学的嘴中听说，若是哪个女生的腿合不拢，一定是那事做多了的缘故。她可不想让还是黄花闺女的自己受此大辱。

她虽然平时能言善辩，但碰到这些营销高手，不要几个回合就会败下阵来，要知道这些医生口才比动手能力好，察言观色胜过查看心电图，让她这个刚出社会的大学生如何能够应付。

和女性比男性发育早一样，女性的青春也能比男性维持的时间长。虽然每个人都说男人四十一枝花，女人四十豆腐渣，但只要没瞎的都会觉得男人一旦到了四十，几乎可以闻到棺材板的气味了，而四十的女性只要保养得当，装作十八少女不成问题。贾真真甚至觉得这种话可能都是那些失败的男性编造出来的谎言，目的是丑化比自己漂亮的女性。

在贾真真目前的这个年纪，看上去就比大部分同龄人小了，每次得知其他同学因为智齿之痛而无法入睡时，她就会觉得父母可能在她小时候为了让她尽早上学，故意隐瞒了真实年龄，否则对她现在迟迟没有长智齿作何解释。

智齿是人类最后一颗长出来的牙齿，是人类拿到中老年，甚至死亡通行证的证明。只要智齿还未长出来，不管贾真真现在是二十出头还是三十出头，都可以说是青年人。就像她对美丽有自己的看法一样，她对于年龄的增长同样有自己的看法，别人都用年龄判断一个人的岁数，唯有她用智齿判断每个人的年纪。

既然目测的年纪都比同龄人小，要是再通过手术手段让自己变得更年轻，那就真有点说不过去了，这让其他人怎么办。因此当别的同学每次在她耳边念叨要整容时，她就感到好笑，好像整容是她们妈妈做的饭菜一样，总会最为符合她们的胃口，却不知道整容大多数时候都像南方人吃到的北方美食，不仅不合口味，还会因为水土不服让自己拉肚子。

从那以后，要是再听到别人念叨要去割双眼皮，或者隆胸时，贾真真就会警告她们，小心割坏了眼珠，当心隆坏了胸。为了让这些一说起整容智商就欠奉的女同学便于理解，她将自己在家乡做豆腐的经历拿出来举例，她每次要把做好的豆腐切出来放在碗里时，都会用磨得最锋利的刀去切，如果用钝刀的话，会让白嫩脆弱的豆腐散架，但不管用什么样的刀，豆腐都会被切割成块，而双眼皮手术就像拿着刀在豆腐上切割，又薄又脆弱的眼皮无疑就是豆腐，当手术刀碰到眼皮时，谁能保证不会伤害里面更加脆弱的眼球。

至于隆胸的例子就更加简单了，贾真真小时候每次心情不好都会去捏塑料膜上的泡泡。捏坏的泡泡发出的响声让她一度沉浸其中，以为倾听到了世界哭泣的声音。当塑料膜上的泡泡和她那些平胸的女同学联系起来时，女同学的平胸就约等于这种泡泡了，捏碎这些泡泡确实很简单，但要让这些泡泡变大就很有难度了，即便变大了，但只要受到外力，变大的泡泡更加容易破碎。要问胸能受到什么外力的话，那还不好说，她们难道不恋爱不结婚？只要恋了爱，结了婚，谁能保证男朋友或者丈夫不去揉搓？

"只听砰的一声，胸炸了。"贾真真当场模拟起来。

这让她的女同学吓坏了，吓坏的原因倒不是因为隆的胸会破碎，而是害怕男朋友或者丈夫发现自己的假胸，从而离开自己，投入其他真胸的怀抱。

"那怎么办？"她们问道。

办法只有一个，贾真真告诉她们，就是原封不动，出厂罩杯多少，现在就维持多少罩杯，千万不要试图将A罩杯扩充成C罩杯。只要是真爱，不管你们胸上有多少肉，都会爱你爱到骨子里。这些女同学听罢，觉得非常有道理，丝毫不知道这些贾真真口中的所谓经验之谈，都是她现场胡诌出来的。

能将谎话说得如此完美，看来她学错了专业，应该去学营销策划，或者干脆去街头散发小广告。说不定这样一来，她能更早搬离那个地下室，过上自己真正想要的生活。

虽然贾真真目前还未长出智齿，但她其实也有自己的烦恼，只不过这种烦恼由于衣服的遮盖，变得没那么紧要罢了。她的烦恼是来到这座城市前产生的，无关生计，无关工作，更加无关爱情，可以说与所有能一目了然的麻烦都没有关系，她的烦恼是逐渐鼓起的小肚腩。这要是放在男性身上，根本不值一提，但出现在此时刚来这座城市没多久的贾真真身上，问题就严重了。

她从没想到自己在高中时期平坦的腹部能这么快隆起来，她是第一回去这座城市的银座买衣服时才发现问题的严重性。那时她还不知道银座里的衣服不像她大学周边的衣服店那般便宜，还以为也像地摊货一样，不是五折出售，就是买一赠一，当她第一次坐着那个号称全亚洲最长的扶梯上到六楼那家服装店时，一次性挑选了好几条衣服去试衣间试，惹得一旁的服务员以为又碰到不缺钱的主儿，笑得合不拢嘴。

当贾真真在试衣间里试衣服时，发现自己的腰变粗了，那件上衣的拉链甚至都拉不上了，其他几件也同样如此，于是她懊恼地走出试衣间，将这些衣服一一放回到了衣架上，然后依依不舍地走出了店门，害得那些服务员懊恼地以为自己的服务态度不好，这才让煮熟的鸭子飞了。

直到后来，贾真真再次进去时，才会在标签上赫然发现，原来这些平平无奇的女装价格竟如此昂贵，赶紧借口跑了。

　　自从发现腰身变粗后，贾真真觉得自己的肚脐眼不见了，每次要用镜子才能将躲藏在肥肉底下的肚脐眼找回来，看着自己好看的肚脐眼就这样离自己而去，贾真真的伤心难过就可想而知了。不仅如此，当她肚子隆起后，发现自己月牙形的指甲也变丑了，只能通过每月初五天上朦胧的弯月怀念指甲上的月牙儿，从那以后，再没留过可以随意弯曲的指甲，而是剪秃了，从而让自己生出宛如幻肢般的错觉。

　　就在贾真真此刻站在不知道是宠物医院还是整容医院的前台想起这些事情时，只听见她的黑猫又喵了一声，跳到地上跑了。贾真真来不及多想，赶紧追了出去。

28

　　林闯的名字大有深意。"闯"字较之"冲"字，大有突破一切阻碍，誓死达到某种目的之意，而且也比"冲"字多了一股智慧和谋略，不会让人产生莽撞之嫌。这也是《辞海》中对"冲"字之解还有冲撞，而"闯"字的另外一个意思则为闯荡，多用于闯出了一条生路的原因之所在。

　　因此每当同学问林闯他的名字和林冲比起来，谁的更有力道时，林闯都会以一个抄过《辞海》的渊博家自称，告诉他们"闯"和"冲"哪个更好。他的同学上大学后都是一些提笔忘字的主儿，哪会想到这些普通的汉字中隐藏了这么多含义，所以每次听林闯给他们说文解字时，都会生出小时候那种认生字的头大之感。然后就在林闯准备借由这两个字联系到其他字上之时，连借口都懒得找就溜了。起初林闯还会痛恨他们的失礼，但只要下次还有人问他同样的问题，他又会乐于施教。

林闯抄写《辞海》之时，上网还没有像后来那么便捷，要是当时知道他抄写的每个疑难汉字都可以在网上搜索出来，或许就不会如此费劲地将这些字抄满好几大本笔记本了。不过他并不觉得这些工夫白费了，起码他要用的时候无须再上网查询，只需要调动大脑就行了，这无疑也是另外一种层面的便捷。而且这对他后来所从事的写作生计更是至关重要，许多时候，经由外界的某个东西触发，他的大脑就会自动响起灵感警报，然后储存在脑海的汉字就会借助他的笔端，在纸上书写一篇又一篇随笔，或者人物专访。

别人都骂他傻，在这个科技如此发达的今天，还用笔写文章，只要打开电脑文档就能达到事半功倍的作用，哪还需要写完后再用电脑文档誊写，然后打印出来，再三修改，一篇文章才算大功告成。

"林闯真是死脑筋，要是他能用电脑写的话，那大学四年他的文章绝不只有这些。"许多关心他的师生都在背后说他。

刚开始，这些人以为林闯家贫，买不起电脑，就想私下里将一台笔记本电脑当成生日礼物送给他。没想到在送礼那天，意外发现林闯其实早就买了电脑，只不过一直没怎么用而已，这才放在抽屉里蒙尘。从那以后，这些人就不再自讨没趣，但依然会细心拜读林闯发表在校报上的每一篇文章。

林闯也知道用电脑写作效率高，他不是那种食古不化的老古董，认为科技的发展只能带来坏处，不，他反而认为只有科技快速发展，才有可能在地球资源最终耗尽之前找到新能源。

科技是救命稻草，绝不是自掘坟墓。

他也尝试过用电脑创作，但总是找不到状态，每次面对空白的电脑文档，他脑海里的那些灵感好像就不翼而飞了，往往枯坐一下午，一个字都写不出来。他也羡慕那些能在电脑上噼里啪啦犹如神助的作家，这种感觉他一直苦苦追寻而不可得。当他无数次失败后，只好又回到纸上创作，只要闻到纸张和笔墨的清香，他的大脑才能最终被唤醒，从而写下一篇又一篇受到众多师生欢迎的文章。

他没有研究过这到底是怎么回事，只知道即使活跃于20世纪的作家，也不全是用纸笔创作，很多都是用打字机写作。当时的打字机就和现在的电脑差不多，但为什么他如今的写作习惯还比不上这些早已长眠荒茔枯冢的老作家。这是一个让林闯感到头疼的问题，当他偶然想起自己只会写一些报道和随笔后，才会明白自己有些托大了，他离作家还差得远哩。

每次许多人都称他为林作家时，他就会感到非常难为情，总会再三解释一番，但这些人都以为他在故作谦虚。也是，在他们眼里，只要会写字的都算是作家，更不用说一口气还能写出近万字的林闯了。所以当他发现这些人将那些混迹各大网络的码字员也称为大作家之时，他瞬间觉得自己的作家称号也不是这么站不住脚。

有了点信心之后，林闯有意识地训练自己的作家思维，但作家不像别的职业，可以上个把月的培训班就能出师，像一些高校里开办的那些创意写作班、作家速成班，就跟他在学校外面看到的那些瘦身小诊所差不多，前者只不过培养一些沿袭套路的操作员，后者也并非真能让那些客户迅速变成赵飞燕，而且这些人只是在模仿现实，而非在创造现实。因此，他的确不知道如何训练自己的思维，换句话说，他无法彻底抛弃写随笔和人物专访时的那种生硬，要知道小说更多的时候是一种审美取向，而非立场导向。

更重要的还因为他的睡眠一直很好，要知道历史上所有艺术大都是失眠的产物。

既然这个问题暂时无法想通，林闯只好从表面入手，对写作所需的词汇量他掌握得够多了，阅读的小说著作也为数不少，这些均是通往作家之路的几块敲门砖，或者说作家之路上的几块垫脚石，林闯早已不需要了。他目前最稀缺的就是如何取一个能拿得出手的笔名。在大众的眼里，若是一个作家没有笔名，就像一个明星没有绯闻，都是不可信的。

当然，林闯对于笔名有自己比较阴暗的想法，即笔名很多时候是一个作家失败后的避难所，比如有的作家迟迟没写出名堂，大可以用真名从头再来，至于取过的笔名，早已忘在新一轮觥筹交错的酒会上了。他确实无法保证自己能写出来，尤其在这个并不以才华，而以人脉衡量的时代。不过不管怎么说，总要先试试才行。

于是，他抄写过的《辞海》又派上了用场。他在脑海里迅速检索哪几个字能当作自己的笔名，他想取一个生僻又意境深远的笔名，最好能和鲁迅这个笔名一较高下，却忘了鲁迅不是因为笔名取得好才有如此地位，而是靠作品支撑起了这个貌似普通的笔名。林闯颠倒了这两者的因果关系。

他转念一想，不行，生僻的笔名会让读者吃力，只有取一个朗朗上口的笔名才能让读者记住。这时，他想起了自己家乡给小孩取小名的习俗，家乡的人深信，小名越俗，小孩成长就能越顺利，这就是为什么他的家乡叫"阿猫阿狗"如此之多的原因。但作家是一个高雅的称号，显然不能生搬硬套这个习俗，在他想了用各种动物、各种颜色，甚至用十二生肖等方式取名后，他还是最终回归到了自己的真名上面。

林闯两个字应该好好利用一番。尤其这个"闯"字，门里一匹马，简直神形兼具，然而五个字的笔名会让别人联想到日本作家，在当时中日关系如此紧张的时刻，他不敢犯险，害怕那些砸日系车的人将他本人也给砸了。等那天陪贾真真去小诊所看病后，他无意间得知她所在的省份其实也可以细细琢磨一番。贾真真的省份简称的第一个字和"闯"差不多，是门里一条虫。

"虫马？"他在脑海里推敲着这两个字。

没有把握，试探性地问身边的人，每个人一听都以为这又是一个电脑病毒的名字，要知道他们这些喜欢玩游戏的简直被电脑病毒搞怕了，之前的熊猫烧香就让他们好几个月都无法玩游戏，现在又来一个虫马病毒，这大学还让不让人活了。

而且为什么这些病毒的名字都如此怪诞，总喜欢用动物命名，或许是为了迷惑网友的视线，刚开始这的确让那些网友都瞎了眼，但现在他们都有分辨能力了，还如此取名就真有点轻视他们这些大学生的智商了。

"什么时候开始的？"这些人问。

"这个名字好不好听？"林闯问。

接下去的对话就有些鸡同鸭讲了，说了半天林闯才意识到这些人都误会了，只好拍着胸脯保证这不是电脑病毒的名字，而是人名。为了增加说服力，林闯只好暂时委屈他堂哥刚出生的儿子，说这个名字是他堂哥给他刚出生的儿子取的，来问他这个大学生好不好。

"叫林虫马？"这些人不太相信自己的耳朵。

"嗯，如果去掉姓，会不会没有那么别扭？"林闯继续问道。

然后就是一阵可以掀翻天花板的笑声了。林闯觉得没劲，就没再搭理这些文盲。但他也觉得这个名字确实不太行，也就暂时中止了给自己取笔名的计划。他没想到，作家原来真没那么好当，单单一个笔名就让他死了这么多脑细胞，好在他在想笔名的同时已经差不多将自己的第一本书给写完了。

这本书同样是用笔写的，整整写了三四个月才完成。在大四下学期，他什么事都没干，专门写这本讲述一个痴情人变身成猫终于和心爱的女人在一起的俗套爱情故事，题目叫《衔蝉物语》。衔蝉两字出自宋朝黄庭坚《从随主簿乞猫》一诗："闻道狸奴将数子，买鱼穿柳聘衔蝉。"意指通体洁白，唯双唇合拢时上下唇间有一抹黑色毛羽之猫，形若知了，故名衔蝉。

写完后，他又托人用电脑文档誊写复印花了一些时间。因为始终没有合适的笔名，所以他在扉页上只好著上自己的真实姓名，并写上自己的出生日期和籍贯，就像正式出版物那样。他不知道何时才能将这本书付梓出版。只好在出版之前，打印几份送交几人斧正，其中就有贾真真。这个一直没怎么跟她说过话却时刻能感知对方存在的女同学。

当他那天进入新闻系的编辑部最后检查一遍手稿时，有个男同学非得让他帮忙手写一封情书。林闯感到哭笑不得，这些人也真是，只有关乎自己切身利益之时，才能明白手写的好处。没办法，林闯只好硬着头皮答应了，然后一挥而就，在傍晚时分走出编辑部，拿给已经准备在女生寝室楼下摆蜡烛的那个男同学手中。

这个同学当众念情书时，很多同学都在喝彩起哄，林闯也叫出了声，当然他是为自己的文采而陶醉，谁能有这个想象力将女性比喻成一个晾衣架，情书中说这个男同学就是最适合这个晾衣架的晾衣竿，只有当晾衣架遇到晾衣竿，才能应付春风冬雪。

没想到林闯叫出声后，刚好被在五楼的贾真真听到了。林闯及时看到了探出头的贾真真，想着是时候将那本书送给她了。于是他赶紧返回编辑部，准备趁女生寝室熄灯之前将自己的心血送给她，他感到很紧张，不知道对方会怎么看待他这本书。但他此时显然理会不了这么许多，当务之急是赶紧送出这本对他来说已经变成烫手山芋的书。

拿上书后，他赶紧跑上女生寝室五楼，如果贾真真问东问西，就将路上打好的腹稿当作说辞一通告诉她，没想到最后他在贾真真没关的寝室门前看到了令他极度吃惊的一幕。

第十章

29

　　贾真真始终都清楚，这座城市哪哪都透着邪性，甚至可以这么说，这座城市有两种不同的面貌，一种是在网上歌舞升平的一面，一种是在现实中"朱门酒肉臭"的一面。继这座城市的水污染、食物中毒之后，空气污染又成了亟待解决的脓疮。由于空气质量关乎每个人的身体健康，因此这件事的解决速度着实比水污染和食物中毒快了许多。原因就在于，上流社会可以喝特供水吃特供食品，唯独没办法呼吸特供空气，所以，这座城市由最开始每年只有一百天左右的蓝天，到现在每年的蓝天次数能达到两百天之多。至于剩下的一百多天，或许是还没有找到最终的解决办法，又或许是有那些口罩的帮忙，只能暂且如此。

不仅人要戴口罩，许多人也给自己的宠物戴口罩。尤其那些对空气格外敏感的猫，更是戴了好几层口罩。每次看到那些穿着衣裳，剪去毛发，戴着像防毒面具一般的口罩的宠物猫时，贾真真就会觉得自己来到了一座猫城。

在这座猫城，猫的性命大多数时候的确比人命宝贵，许多人宁愿不吃不喝也要给自己的宠物购买这些据说可有效抗霾的口罩。只不过让贾真真无法理解的是，当嗅觉灵敏的猫戴上这些口罩后，还能闻到空气中出现的花香吗？要知道花香的到来，不仅意味着一株植物的生存状况，更加意味着春天的到来。但在这座用塑料花装饰街道的城市，真实的花香其实并不那么重要，每次有外国政要来访时，只要看到沿街摆满了花就行了，至于是不是真正的花朵，那就不是这些人所关心的事了。

每次贾真真的那只黑猫看到其他戴口罩的宠物猫时，都会在心里生出一个疑问，那就是猫一旦和人类一起生活，难道真会变得越来越像人类？幸好它还保持着一只猫的独立品格，没有彻底被人类同化。然而当它的鼻子一度被糟糕的空气熏得丧失嗅觉后，它就不会这么想了，而是强烈要求女主人也给它戴上口罩。然而那时的贾真真刚进城，自己的落脚点都还勉强凑合着，哪里有心思解决猫事。

　　每次为了证明自己也是这座城市的重要一员，她都会去位于市中心的银座。看到在难得一见的阳光下闪闪发光的银座，她就仿佛看到了一颗巨大的钻石。这种钻石象征着这座城市的财富，更象征着这座城市可喜的前景，所有沐浴到钻石之光的人都能感受到自己光明的前程。

　　当她进入这颗钻石内部后，她与那些人一样，也成了钻石中的一个瓣面，然后与众人一起用自己支付宝上不多的余额参与分割、抛光、修饰，直到将这颗钻石打磨得越来越闪亮，以至于走出钻石后，虽然余额少了，但由于身上也沾染上了那种闪亮的光芒，所以每个人脸上都是一种心满意足的神情。

　　有时候，因为午夜场电影比其他时间段的电影便宜，所以她每次要看电影时，都挑午夜场观看。只有午夜时分的银座，光芒才会消逝，就像一座鬼楼那样充满着破败的气息。当贾真真看完午夜场电影出来后，会在夜间通道的指引下，看清白天热闹的银座是如何被夜晚吞噬的，以至于一刻都不想多待，赶紧离开才是：奢侈的精品店只有一扇丑陋的门，咖啡店门前也徒留几个缺腿椅子，至于那些餐馆，厨余垃圾更是堆得哪都是。

　　空空荡荡的银座内部，就像被秃鹫掏空内脏的尸体。只有在第二天重新开门营业后，才会被新一批客户的钱包和体温重燃炽烈。直到这时，贾真真才会明白，就像她在夜里才能认清自己，银座同样也要在夜里才能看清实质。终归到底，凡事皆有两面，只有尽可能地了解正反两面，才能既不会生出过高的期望，也不会彻底失望。就像人一样，只有期望和失望均衡，才能让自己内心始终平衡。

自从贾真真见识到银座真实的一面后，当她白天再次来到这里时，会透过这些拥挤的人群和餐馆里过盛的烟火气，看清这些人群无非都是一群骷髅，这些烟火都是死人的最后一口叹息——并且她还认为，大伙一起吃饭是继接吻之外另一种能被人类接受的交换口水的方式。于是她就对自己失望的当下感到心理平衡起来，她知道自己尚处于人生的反面，迟早有一天，她会掀起自己的另一面。只有到那时，她凡事才不用去看反面，只需要看正面就行了。

她的那只黑猫显然也无法适应白天的银座，对一只猫来说，它也还未做好置身繁华的准备，毕竟它每天面对最多的还是女主人那个狭窄的地下室空间。当它被女主人抱着走出地下室，来到车水马龙的街头时，它都会生出两个世界的错觉，何况还要去见识这座城市最为富庶的一面。它一直觉得它是这座城市的疮疤，就跟它的女主人一样，说是在大城市，其实还不如在乡下。

因此当它每次都被女主人带去银座时，它就迫切想要逃。贾真真为了不让人看出她目前的生活处境，一般都用它来伪装。因为养宠物的人，大抵生活都不差。有时候贾真真为了让这种谎言更加真实，不惜过度装扮这只黑猫，不是给它头上戴个发夹，就是给它穿上衣服，甚至给猫爪涂上指甲油，最后这一点就有点适得其反了，因为虽然其他人也用宠物宣示自己的地位，但还是不会给猫爪涂指甲油。

刚开始贾真真不知道，当她站在那间服装店，看到门前站着两个穿着时髦的女性在利用AR试衣间试各种衣服时，这两个女性透过AR屏幕刚好看到了贾真真那只涂有指甲油的猫，笑坏了，还有什么能让女性将视线从服装上转移？除了一只涂指甲油的猫，想必不会有其他东西了。

所以刚开始还对这个新奇的试衣方式感到好奇的贾真真很快就变得无地自容，她以为是自己的穿戴惹来她们的非议，没想到事情原来坏在一只猫上。于是贾真真再也没了继续逛下去的心，很快坐上扶梯离开银座，期间一直责骂那只让自己丢脸的猫。猫感到十分委屈，最终在贾真真准备施暴时，及时跳下她的怀抱，跑了。

贾真真一看猫跑了，慌了，这座商场这么大，她上哪去找，总不能告诉前台她的猫丢了吧，虽然很多在里面暂时丢失小孩的父母经常通过前台广播的方式找回小孩。不过贾真真要找还是很容易的，即便它的猫没有名字，但因为涂了指甲油这个显著的标志，一定会很快被找到。然而她最终决定靠自己去找，她可不想在一天之内丢两次脸。

找了很久都没找到，贾真真不仅身体累，更加心累，因为还要做出一种逛商场而不是找猫的样子出来。只有在人没那么多的时候，才敢出声呼唤猫，只要人一多起来，她又恢复准备去餐馆吃饭或者进服装店买衣服的假象，甚至在一家咖啡店里，她还真的买了一杯咖啡，边喝边用眼光搜寻每个人的脚边，试图在这些脚中找到自己的猫。

找了半天，她觉得这样下去不行，人太多了，或许要等到夜晚的到来，这些人都离开后才能将猫找回来。于是她端着那杯咖啡，足足从中午坐到了晚上，虽然杯中的咖啡早就空了，但为了不让咖啡店的服务员驱赶她，她还是装作咖啡还有的样子，一直端起来啜几口，然后及时做上相应的表情。

这种表情既有享受咖啡时的愉悦，又有因为咖啡苦涩所带来的愁眉。她就这样连续切换愉悦和苦涩两种表情，就像变脸一样。不得不说，此举确实成功欺骗了在场的其他客人，也让那个一直等她喝完准备前去收拾桌子的服务员很快将注意力放在了其他座位上。

只不过让这个服务员感到奇怪的是，为什么其他比她后来的客人都喝完了，唯有她的还没饮完，难不成她趁自己不注意时又去续杯了？他不想去动脑筋，最后在半夜快打烊的时候，才敢怯生生地走到她面前，告诉她要关门了。

贾真真本想当即坐起来，但如此一来，正好告诉对方她一直在喝空气，于是她继续坐了几秒钟，然后将那个咖啡杯端起来一饮而尽，最后才离开座位。好在此时人已经不多了，贾真真可以大胆寻猫了。她找遍了每一层，来到第五层的时候，她似乎感受到了猫的气息，最终把注意力锁定在了那间美发店门外的人偶模特身上。

这些人偶模特是美发店拿来试验发型的道具，只有上半身，每个模特的脸都不一样，有方形脸、圆形脸、三角形脸、长形脸、菱形脸和心形脸，几乎涵盖了人类所有的脸型。每一种脸型都对应一种发型，那些头发都是假发，长在这些模特的头上，很好地衬托了一些完美脸型的优点，也很好地掩盖了一些不那么完美脸型的缺点。这些脸型和发型就像镜子一样，可以让每一个走过的人立即看出来自己所适合的发型，然后径直走进美发店，告诉他们要剪哪种发型就行，省却了许多不必要的口舌。

但贾真真却发现有一顶假发掉在了地上，而这些模特头上却都有头发，她不知道这多出来的一顶头发是怎么回事，于是就前去捡起来。就在她捡起来的时候，突然发现正对着自己的这个模特的头发好像在呼吸，再仔细看，好像还有尾巴，她好奇地走近前去，伸手去抚摸这顶会呼吸的头发，一接触头发就让她感受到了强烈的体温，没想到现在的科技如此发达，能将假发做得如此逼真。

不过摸了几遍后她发现，这根本不是头发，而像一张狐皮，甚至有可能就是一只活物。就在此时，上面一双突然转过来的绿眼让她大喜过望，原来这是她的猫，她的黑猫将自己伪装成了一顶头发，从而逃避那些让它感到害怕的人流。好一只聪明的猫，贾真真激动坏了，赶紧抱过猫，猫此时也显得很激动，直接钻入她的怀抱。贾真真还能感到它在自己的怀里发抖。

在回去的路上，贾真真一个劲儿地跟它道歉，而它也最终用自己的亲吻原谅了这个虚荣心过强的女主人。

本来贾真真以为这只猫从此再也不会离开她了，没料到在宠物医院的前台，这只猫又不知哪根筋不对，再一次跑了。这让贾真真气坏了，只见她二话不说就追了出去，追到门口的时候又差点掉了鞋子。

她发誓这回要再找到它的话，一定不会给它好脸色，最好将它绑在树上招苍蝇，就像她家乡那些偷腥的猫被发现后，被绑在梅树上，一直绑到身上落满苍蝇和牛虻，一直绑到和冬天凋落的梅花一起沦为泥土的养分。

她本来想坐车去银座，说不定这只臭猫又躲在人体模特的头上，把自己当成假发。但因为此时天还未黑，她怕丢人，所以她只好先去别的地方找，实在找不到再去也不迟。好在这天她刚把上一份工作给辞了，一直在等那家前几天去面试的幼教中心的最终入职通知，不然就凭她这几天旷工也会马上被辞退。想起那份幼教工作迟迟没有着落，贾真真更加着急了，真想索性不再找了，该去重新投简历了，否则她很快就会在这座城市待不下去。

没想到就在此时，她的手机响了，是幼教中心让她下周一来上班的通知。她高兴坏了，在电话里再三给HR致谢，这名HR通知过无数人来上班，都没有得到过如此郑重其事的感谢，瞬间觉得自己的工作其实也是很有意义的。挂完电话后，她还是觉得应该把猫找回来，不然她此刻的喜悦该与何人分享。

30

当猫首领在男老师的怀里时，发现这个从没进过女生寝室的老师手在发抖，就像一个小偷行窃时的紧张心理，它在内心鄙视这个少见多怪的老师，并准备恶作剧逗逗对方。

男老师敲门之前深呼了一口气，然后敲响了贾真真寝室的房门。等到里面传来一声"请进"后，他还转过身透过走廊那面在夜里什么都看不见的玻璃整了整自己的衣领，然后推门而入。眼前的一幕差点让他来到了女生澡堂，只见贾真真在这么冷的天，只穿着内衣内裤坐在床上，而她一看到进来的竟是一个男老师时，也吓坏了，赶紧扯过旁边的被子盖住自己的全身。

男老师的表情有些怪异，口吻也有些不自然，他只好控制自己的表情，调整自己的腔调，告诉对方，他是来查寝的老师。贾真真一边听，一边偷偷在被窝里穿衣服，等到她穿好衣服时，感觉像从水里游到了岸上，变得没有那么紧张了。她让老师坐在对面那张床上。

男老师坐下后，双腿并拢，不安的双手不知道该往哪放好，女生寝室的一切都让他感到好奇，放满化妆品的床上，屋里随意挂的内衣裤，一切都在向他证明，他来到了一片花的海洋，他的脑海此时在回忆上次如此近距离感受青春活力是什么时候。那还是在他上大学那会儿，当时他的女朋友是大他一届的学姐，这名学姐是他在两性方面的启蒙老师，经常趁宿舍没人时带他进去，二话不说就一阵热吻，在他还没来得及好好回味香唇的滋味时，学姐已经将他裤子给脱了。

他对女性肉体的第一印象不是过速的心跳，也不是散发的体香，而是洗衣粉的味道。女友衣服上残留的洗衣粉香味曾让他以为这就是性爱的全部，以至于当他后来与女友结婚后，妻子换了一种不伤手的洗衣液时，他瞬间觉得妻子变得陌生了。从那以后，他一直怀念妻子的那间寝室，对寝室里的一切不管过去多少年，还能用自己的记忆还原当时的场景。

他印象最深刻的就是寝室里挂的内衣裤，什么颜色，什么大小的都有，他也是从那刻才明白，原来女生只擅长修饰外表，对内部却一知半解。他当时真想将这些内衣裤收起来叠好，然后放进衣柜，这些贴身衣服就要有点贴身的样子，即便不穿时，也不应该让别人看见，不管男女都不行，只有如此，每个女生的隐私才能确实得到保障。

婚后的日子更多的还是柴米油盐，这四种生活必需品是证明爱情即将过期的标志，不管用什么保鲜产品都无法让他回到婚前的激情，成人用品不行，豹纹内衣不行，哪怕是可以光明正大欣赏的岛国动作片，也无法消除他与妻子中间横亘的那堵冷淡之墙。这也是为什么他后来毛遂自荐成为夜间查寝者的原因，他不想这么早回去面对那张令自己生厌的脸。

他好多次检查自己婚姻中出现的问题，就像一只勤恳的啄木鸟给树木治病一样，但没查出一点问题，妻子没有外遇，照常还是操持着家里的一切，并将家庭维持得井井有条，让每一个上门的客人都竖起大拇指夸赞他娶到了一个好妻子，他自己本人也没有过婚外情，就是连想都没想过。当他的婚姻出现问题后，他甚至巴不得自己有负妻子，好像这样才能让行将就木的婚姻找到死因一样。

因此这种没有病症，实际却病入膏肓的婚姻成了他中年最大的困扰。好几次他都想坐下来跟妻子好好聊聊，双方一同回忆那个充满他们恩爱气息的寝室，或许这样他们还能重燃激情，一起走完接下来的人生道路。然而妻子现在除了一日三餐，儿女上学，其他事情一概不管，如果他在饭桌上说的话不关乎家人的身休健康，妻子就会表现得很不耐烦，并从鼻孔里冒出一股气，告诉他别狗拿耗子多管闲事，下个月的水电费该交了。

他从没想到，一个在婚前是那么活力四射，并对未来充满各种想象的女人，为什么一旦结婚就彻底丧失了所有想象力，并稍带否定之前那个充满幻想的自己。他在这座大学教授心理学课程，但查遍所有资料，都无法找到一剂治愈婚姻裂痕的良方，或者说，这种例子太过常见了，常见到让一些心理学家甚至忽略了这种现象。他觉得这样下去不行，一个心理学家绝不能只关注小概率事件，而要关注大范围事件，当然，性侵未成年、猥亵婴幼儿确实值得重视，但更不能忽视的是，成人世界里出现的裂痕，换言之，或许就是成人身上的问题得不到解决，才会将魔爪伸到未成年和婴幼儿身上。

然而想归想，由于大学评职称只靠论文发表数量，所以他哪怕有这种心思，每年繁重的发表任务就让他无暇他顾，况且这种选题能否入学校法眼都要两说。不过他也找到了另外一个解决的好办法，即每天暂缓回家的时间。当他查完寝，回到家后，妻子刚好已经入睡，这就有效消弭了家庭不必要的纷争，而且早上醒来时，妻子已经去菜市场购买一天所需的食材了，又碰不到面。

相比用学术研究的方式解决这个问题，还不如就用这种简单却不失为有效的法子更好。

从那以后，他就差不多忘记了这种困扰，因为有另外的困扰缠上了他。和所有一切对现实失望转而迷信灵异事件的人一样，他后来也对灵异事件深信不疑，并越发感觉这个世界绝非表面看上去的那么简单，肯定还存在另外一个空间，而这个空间就是鬼神的世界。之所以有时候人类会在现实世界看到鬼神的踪影，就在于另外的空间鬼满为患，准备出来侵占人类的生存空间了。幸好，那些一直被科学所打压的扶乩还未彻底消失，这才把那些鬼三下五除二地捉完，但就跟三下五除二除不尽一样，有时也无法捉尽所有的鬼。

所以扶乩者就决定跟科学家二一添作五，准备合作将那些鬼捉完。这也是引力波后来能最终被发现的关键原因，因为引力波的发现，能让所有鬼怪无所遁形，从而顺利让扶乩者将那些漏网之鱼一网打尽。因此，迷信和科学在某种程度上来说，其实就是一对双生子，都是为人类生活得更好而出力的。

这些观点被他奉若圭臬，并不断地在课堂灌输给学生，即使遭到学生的当场反驳，还是坚信不疑。为此有学生向校长举报，他当众宣扬封建迷信思想。校长为了堵住悠悠众口，只好牺牲他，将他贬为一个真正的查寝者，至于能否重返课堂，只能以观后效了。

当他彻底沦为一个有神论者后，他对那栋女生寝室便充满了恐惧。总觉得夜里没有亮灯的寝室楼里都住着一个鬼，说不定就等他冒失闯进去时将他杀害。好在他找到了一个应对的法子，那就是手电筒，传说只要手电筒发出的光足够亮，就能有效驱赶躲在暗夜里的鬼。于是他每晚查寝时都要备足好几节电池，即使手电筒里的电池才刚买的。有了电池和手电筒的庇护，他瞬间对夜里出现的一切脏东西都不怕了，要不是后来学校发现他查寝偷懒的话，说不定打死他都不会上楼，即便有那只猫在旁也不行。

他上楼查寝也是被逼无奈，学校说若再偷工减料，就彻底开除出校，永不录用，并通告全国所有高校，联名将他封杀出教育行业。好在上天待他不薄，在他危难关头给他派了一位不怕鬼的灵猫。看来他平时在佛龛前烧的香真起作用了。

但不知道为什么，当他在女生寝室坐在贾真真对面时，想到的却不是这些，而是自己年轻时的往事。他不知道怎么了，而且久违的冲动好像即将冲破胸腔，准备将面前这个女生一把推倒。即使他再如何克制，他体内的欲火还是无法熄灭，而且就是他成了一个有神论者，才不敢像那些无神论老师一样，因为不信因果报应，所以才能黑起心用论文分数胁迫那些女生委身自己。

不，他是相信天公地道的人，此生干的好事，就算不会作用到自己身上，也一定会作用在自己后代身上。于是他极力克制自己的邪念，强忍着不去看对面的贾真真，在他此刻的眼里，贾真真像极了一个应召女郎，正对他抛媚眼，丢香吻。这一切一定都是假象，他要让自己冷静下来，或许闭上眼睛后，这个泡沫就会被戳破，于是他闭上了眼睛，让自己陷入无垠的黑暗之中，然后再睁开眼，让光明重现。

没想到当泛起涟漪般的光明最终在他完全睁开眼，变得一如正常的湖面后，眼前的一切让他更加惊恐了，只见刚才的贾真真还在给他抛媚眼，现在的贾真真已经全然将自己剥光了，就像一个剥掉壳的鸡蛋那样白净、诱人。他再也按捺不住，像饿狼一样扑了上去，就在准备褪掉自己的裤子时，突然背后被一件重物砸了一下。

那是林闯的那本心血之作。当林闯来到贾真真寝室门口时，刚好发现这个禽兽老师正欲图谋不轨，于是气急败坏的林闯二话不说将书砸了过去，然后赶紧冲进去，一把推开这个男老师，接着一对受惊的白鸽就这样出现在了林闯的眼前，他赶紧脱下自己的外套盖在贾真真身上，然后揪起这个禽兽，挥了几拳。挨揍的老师终于回过了神，当他发现自己刚才的兽行时，大为懊恼，连扇自己几巴掌，以示悔恨。林闯暂时放过对方，转而安慰贾真真，并让她穿好衣服。

男老师扇完巴掌后，终于明白刚才都是猫作祟，于是赶紧去找猫。那只猫见状，赶紧一溜烟地跑出了房门，男老师紧追不舍。林闯一见这畜生居然胆敢畏罪潜逃，气得青筋突起，刚想抬脚去追，却被贾真真拉住了。林闯赶紧坐下来，安慰她。

话说男老师跑下楼后，并没发现那只猫的踪影。于是就想回寝室跟那名女学生道歉，不管她信不信，总之都要把这件怪事告诉她，至于她会不会告自己，他也管不了那么多了。而那只猫，那只躲在灌木丛中，利用黑夜隐身的灵猫，也发现这个玩笑开大了，这让它辛苦找到的主人片刻间化为泡影，当务之急已经不是找主人了，而是逃命。

学校是不能再待了，猫族使命也暂时管不了了。只见它像一道闪电般跃出了学校大门，然后在这座小城市兜了好几大圈，不知道该往何处去。直到看到一个浓妆艳抹去赶火车的妇女，赶紧喵了一声跑了过去。这个妇女一见这只猫，非常喜欢，将它带去了北边另外一座最大的城市。

在北方之城，它很快跟一只母猫生出一只全身乌黑的猫崽子，因为害怕这只比自己漂亮的猫崽子跟自己争宠，因此残忍地将这只黑猫叼到野外遗弃。好在被一个刚毕业的男生收留，最后几经周折，它才最终找到贾真真，让她成为自己最后一任主人。

31

死神常穿一件黑斗篷，手中拿着一把巨大的镰刀，在人们的想象中，睡眠与死亡是孪生兄弟，皆为夜晚的孩子。

对嗜梦者来说，他们的生命比普通人更长，因为每个普通人每天都要浪费半天时间在睡眠中，入睡后，一切皆无，与死亡没有区别。而嗜梦者因为将睡眠的时间拿来做梦了，所以比普通人增加了一倍的生命。

因此，从这种层面上来讲，死亡确实与睡眠无异，这也是为什么这座城市有许多墓地命名为"死神墓地"的原因。这些长眠地下的人，因为被白昼所抛弃，从而彻底沦为一个睡眠机器。

　　每当一个嗜梦者死亡后，对于生前所做过的梦，都会在入殓之前通过蝴蝶的形象昭示众人。这些蝴蝶一般都趴在死者的胸前，或者停留在棺椁上，当然，现在的城市已经找不到棺材了，一律实行火葬，所以这些找不到做梦源头的蝴蝶就换成停留在骨灰盒中。

　　有些少不更事的小孩见到蝴蝶，就会想去捉，殊不知这些都是他们死去不久的亲人。倘若将它们捉进玻璃瓶中，制成蝴蝶标本，他们烧成灰，长埋墓地中的亲人就会惶惶不可终日。具体表现为经常让墓碑流血，或者干脆让墓穴渗出透明液体。

　　有些年长者见状，就会将蝴蝶从玻璃瓶中取出，放飞出窗户，这些蝴蝶会循着一种微弱、尚未消失的死亡气息飞到"死神墓地"边，在这些竖起的墓碑中寻找自己的主人。当它们找到后，就会站在墓碑上，逐渐与墓碑中的照片融为一体，直到墓碑不再流血，墓穴不再流泪。

　　对那些已经制成标本的蝴蝶，就需要额外花些功夫，因为丧失了飞翔的能力，所以他们会折一架纸飞机，让其将蝴蝶标本送抵墓地。当一些扫墓者看到墓碑上的纸飞机时，千万不要去拿，也不要用嘴去吹，因为这样会影响纸飞机上的蝴蝶与墓碑上的照片合二为一。

　　有一个常被人忽视的现象，就是墓地、火葬场、养老院其实靠得非常近，就像基督教中的三位一体，而且只要墓地有名字，旁边的火葬场和养老院一般也会有名字。在这座"死神墓地"边上，就同时有天堂火葬场和候鸟养老院。火葬场取名为天堂可以理解，但养老院以候鸟之名称呼，就让人有些摸不着头脑了。

当人们发现养老院里住的不全是孤寡老人，也有很多儿女健在的老人时，才会明白这个名字的深意。这些老人就像候鸟一样，一旦完成自己的目的，就义无反顾地来到养老院，直至死亡找上门，只有到临终前，他们的孝子贤孙才会出现为接下来的葬礼大操大办一番。

因此，许多时候，召集一大群人参加至亲的葬礼，不是为了缅怀死者，而是为了凑够丧葬费。毕竟在这座城市，墓地的价格直逼房价。

据悉有一种候鸟完成了交配使命后，就会悄悄去一个无人知晓的地方等死，而那些刚出生的后代一概不会想起它们劳苦功高的父母，人类还能在父母死前回去看一眼，看来确实比动物高级。

在这座墓地旁的候鸟养老院里有一家松鹤楼，专门为一些富裕的老人提供家乡美食，当然有些手头紧，但实在想过嘴瘾的老人也会在临死之前被开恩吃上一口来自家乡的味道。

只有吃到了这最后一口，他们才能彻底割弃对世间的留恋，做好死亡的准备，否则他们死后也不会安生。可以说，不管生前是达官贵人，还是贩夫走卒，都无法真正忘怀家乡菜，有的虽然在生活中习惯了其他美食，但总会在死亡之前突然想起那一筷子最熟悉的味道。只要有家乡菜，不管这些生前如何融入城市，或者乡音改变了多少的人都会立马现出原形。

松鹤楼前植有两株松树，因为鹤举世罕见，所以只能以中国画的形式镌刻在门楼上。植松树可以明白是什么意思，代表长寿，而鹤同样有长寿的意思，松树和仙鹤加起来就可以用一个成语来概括：松鹤延年。

这是一个极佳的寓意，但经常事与愿违。很多入住没到几天的老人很快就撒手人寰，甚至还来不及闻上最后一口家乡的味道。当这些穿着蓝白条纹衣服的老人死后，就会快速被送到天堂火葬场，头七过后便下葬旁边的"死神墓地"。这时，人们才明白养老院、火葬场和墓地紧靠在一起的原因，原来是为了可以快速处理每一起死亡事件。

这两株松树一般都轻易被人忽视，只有在盛夏的时候有些老人才会躲在树荫下歇凉。松树顶端巨大的伞盖状树荫，会在地面切割出一大块阴影，那些缺牙或者行动不便的老人就坐在树荫下的石凳上，望着不远处火葬场上空冒出的黑烟，和去墓地扫墓的人手上拿的那几朵鲜花。

然而这天，这些老人却见到了一只黑猫。这让他们以为死神提前来了，吓坏了，有一个甚至当场晕厥。只见这只黑猫二话不说就跳到了松树上，然后利用树荫伪装自己，不过它的猫眼还是能看到那条来时的辅路，它把视线放在了门楼上，看着上面那两只起舞的仙鹤出神。

它越看越难过，很快想起了自己多舛的一生。

最后它把不公的命运归咎到从前，它祖上教老虎本领的远古时期。真是教会了徒弟饿死了师父，祖上幸好留了一手，否则不要说食物都被老虎掠夺一空，就是祖上本人也会被老虎吃掉，因为传授的时候留了一手上树的看家本领，所以老虎最终放过了躲在树上的猫。这事过去很久了，不提也罢，最让这只黑猫生气的是，猫族居然没有入选十二生肖。

要知道连它的仇敌老鼠和徒弟老虎都入选了，而且老鼠竟还排在首位。每当想起这事时，它就气得牙痒痒。不过此时已经没有多少时间让它愤世嫉俗了，因为它的主人贾真真循着它的气味找上门来了，并在树下那些老人的指引下，很快看到了躲在树上的它。

对贾真真来说，她一直知道这不是一只普通的猫，即便后来没有养猫专家告诉她这点，她也会觉得这只猫非常特别。当然，对那时的贾真真而言，她不会想到猫的内心居然隐藏了这么多难酬的壮志，就如她在九年后，不会知道这只黑猫会渐渐变白，直到最终变成一只雪猫，原以为这是一个吉兆，没想到猫变白后，就跟人老白头一样，已经到了死亡的边缘。九年后的她已经住上了楼房，而这只雪猫经常两眼无神地躲在衣柜上，让照镜子的贾真真经常误以为自己也一夜白头。

此刻因为接到新工作的入职通知，所以贾真真对这只淘气的猫格外宠溺，并在树下哄它下来。猫没去搭理她，而是依旧沉浸在自己的思绪中，这一切都被贾真真当成未及时阉割的原因，只要阉割了，这只猫就不会再胡思乱想了，而是会学做一只宠物猫。猫当然也能知道对方在想什么，虽然它知道自己迟早会变成一只阉猫，不过它还是想再争取一下，看看有没有别的更好的解决方式。

贾真真的耐心随着黄昏的到来，渐渐消失。当这座候鸟养老院沐浴在黄昏下的光线时，更是让她感受到了一股日暮西山的寂寥之感。尤其当她看到不远处竟还有火葬场和墓地时，头皮更是发麻，就连鸟叫声在她听来，都像极了索命的梵音。于是，她作势要将它抛弃，转身便走。

猫看出主人不是在开玩笑，赶紧从松树上跳下，自己钻到了贾真真背的双肩背包里。钻进后，它内心稍微平静下来，当时的它不会想到九年后它会被葬在旁边的"死神墓地"，还以为自己当时处于喜欢做梦的青春期。

贾真真对猫自动下来感到很开心，此刻她踩着夕阳准备在路上拦一辆出租车，尽快离开这个暮气沉沉的地方。她要赶紧回去，为下周一的新工作做好准备，她对这份工作梦寐以求，以至于在梦里都经常看到那些小孩的笑容。也只有在这刻，她才会最终明白自己真正想做什么。

相比于身后养老院的服侍工作，她更喜欢呵护一朵花骨朵的成长。然而当下最紧迫的不是办理入职手续，像去体检，复印身份证，办理指定的银行卡账号都要先放一边。她要先将这只淘气猫阉了再说，不到百米处就有一家看起来稍微小那么一点的宠物医院，于是她将拦出租车的手放下，继续往前走。

她一边走，一边安慰双肩背包中的猫，告诉它一定不会痛的，要知道人类的麻醉药可以麻晕一头大象，何况它这个小不点。没说几句话她就走进了宠物医院，当猫再次闻到消毒水的气味时，终于明白该来的真的来了。

贾真真看着在宠物医生手术刀下发抖的猫轻松地说道：

"没事，不痛的，就像屙大便一样。"

第十一章

32

　　临近毕业的贾真真对能在秋冬之时补过生日还是稍感安慰的。这次生日是她用差点失去贞操的代价换来的，也是因为发生了这件难以启齿，但却被林闯撞见的丑事，所以她有理由让这个及时英雄救美的男同学实现自己任何一个愿望。因为暂时想不到其他更好的心愿，所以她只好让对方为自己庆祝生日。

　　林闯没想到她的生日竟和自己的隔得如此之近，有些吃惊，因为在他的印象中，大学四年来，贾真真有三年的生日都是在夏天庆祝的。

　　贾真真看出了他脸上的疑问，便告诉他是补过，她的生日的确在夏天，而且今年还能过两次。

"为什么？"林闯问。

"因为今年是闰年啊。"贾真真回。

对天干地支有些了解的林闯很快就明白了其中的道理。这时贾真真想起了那个一直被中断的计划，于是开口询问对方的生日在几月份。林闯有些哭笑不得，因为在贾真真现在手上拿的那本书中就写了他的出生日期，没想到她去拿书并不是打算翻阅，而是借助书本缓解自己内心的慌乱。

林闯对此表现出了难得的通情达理。他轻轻拿过对方手中的这本书，将书翻到扉页，让她可以直观地看到书名下方的出生年月。贾真真口中念着"衔蝉物语"四个字，一头雾水，每个字她都认识，但四个字组合在一块，就让她感到比天书还难懂。

于是林闯耐心地给她解释"衔蝉"是什么意思，贾真真听完，就像小时候对一件事表示惊奇那样"噢"了一声，然后继续等着林闯给她解释另外两个字的含义。

此时贾真真已经松开了林闯的肩膀，伤心的泪珠也拭了，睁着一双眼眶依旧泛红的眼珠望着林闯，那个样子别提有多楚楚可怜了。林闯以为对方还想索抱，于是又把自己的肩膀送过去，没想到却被对方粗暴地推开了，这让他一时手足无措，不知道对方到底什么意思。

"物语是什么意思？"贾真真噗嗤一声笑了。

听到这话后，林闯才明白自己误会了，也摸着头笑了。他不知道该怎么解释这两个字，因为"物语"是日本的一种文学体裁，由口头说唱发展的文学作品。在日本文学史上，物语主要指自平安时代（794—1192）至室町时代（1336—1573）的传奇小说、恋爱小说、历史小说、战记小说等。最著名的有《源氏物语》《竹取物语》《花町物语》等。

"就像中国古代文学中的神话小说，譬如《山海经》《镜花缘》《聊斋志异》？"贾真真问。

"可以这么说，反正就是故事的意思就对了。"林闯回。

"那这本书写的就是关于猫的神奇故事咯。"贾真真道。

"对，主要讲了一个男人通过夺舍的方式终跟心爱女人在一起的故事。"林闯道。

这个故事让贾真真有些激动，因为此时的她最缺的就是一个爱自己的男人。于是，她把视线从书上挪开，盯着面前的林闯。

林闯被她盯得心里发毛，以为她又要打人，赶紧从床上坐起来。

然而站起来也让他不太好受，因为女生寝室出现了许多他不该去看，但又十分好奇的东西。他的眼睛一时不知道该往哪瞟才好。好在贾真真很快打破了这个尴尬的气氛，问他想不想饮茶。

贾真真对林闯比较大方，拿出了那个自己的专属茶杯，看到茶杯上的那个凤凰尾巴，林闯一时有些入神。他觉得凤凰具有太多含义了，这个学校的学生念书是为了飞上枝头变成凤凰，贾真真穿不合身的正装也是为了麻雀变成凤凰。当然，对那时的林闯来说，他不会想到"凤凰"二字将会在一些进城打拼的男人身上变味，并冠以凤凰男这个充满歧视的称呼。

贾真真一直盯着他喝茶，迫切想得到他对茶的评价，没想到这榆木疙瘩完全没意识到这点，而是被茶杯上的纹饰吸引了。

林闯察觉到对方在看自己时，以为自己喝茶的姿势不雅，就像牛饮水那样，赶紧把茶杯放下。这可不能怪他，毕竟他是个北方人，对喝茶的认识还停留在解渴上。

"那个畜生你打算怎么对付他？"林闯问。

"算了，我也没损失什么。"贾真真回。

她此刻已经知道对方不善饮茶了，所以就没追问他茶的味道如何，而是委婉地暗示对方自己的生日快到了。

林闯没有给人庆祝生日的习惯，也不知道如何帮别人庆祝生日，他自己的生日都经常忘在脑后。他觉得过生日非常麻烦，尤其对那些送礼物的人来说更是如此，送价格昂贵的礼物，显然吃不消，送价格便宜的，又怕别人嫌自己抠门。现在早已不兴所谓的礼轻情意重这一套了，情意重不重，就看送的礼贵不贵。

贾真真看出了他的为难，这要搁往常，她一定会觉得这个男人不大气，说不定还会让对方滚蛋。但看在对方救了自己的分上，她容许对方犯难，允许对方思虑再三，更加许可对方一副不知道该怎么回答的表情。

"笨蛋，你的生日不也快到了吗？"贾真真道，"我们可以一起过。"

这个提议让林闯觉得可行，不过他很快又皱起了眉，两个人一起过生日，彼此要互送礼物吗？万一对方送的比自己送的贵怎么办？就在林闯还在彷徨时，贾真真用那本书敲了敲他的脑袋，让他别想这么多，一切有她安排。

林闯听罢，如释重负。

贾真真告诉对方，在过生日之前想和他一起去看一个钓鱼高手。为了激发林闯的兴趣，贾真真不惜将对方说成一个全身都是故事的沧桑者。

林闯一听，眼睛顿时发光发亮，相比于乏味的生日，看来还是故事更能引发他的兴致。他都有些等不及了，不停地央求贾真真快去。

"神经，也不看看现在几点，"贾真真假装嗔怒道，"你不要睡觉，人家还要睡觉呢。"

林闯想想也是，不过他把对方话中的"人家"想成了那个钓鱼高手，却没想到一个女生在娇嗔时可是经常以"人家"自居的。所以他接下去的回答就真有些让贾真真生气了：

"对对对，他要睡觉，我们明天再去。"

"我就不要睡觉？"贾真真的口气大变。

林闯没听出她的口气有什么不对劲，还在不停地问那个钓鱼高手到底如何厉害，是不是像《老人与海》中的圣地亚哥，一次能把好几百斤的大鱼钓上岸。

"屁，那老头也能算厉害？也不想想钓上岸后鱼变啥样了。"贾真真在洗茶杯。

"虽然结果确实不怎么样，但起码人家勇气可嘉啊。"林闯说。

贾真真没响，她忘了卫生间的那桶水刚浸过自己的头发，用桶中水把茶杯洗好后，再用面巾纸细细擦干净，然后放进衣柜里。在她的家乡，洗茶杯不是迎客，而是送客的意思，客人一看到主人在清洗茶杯，就知道是时候该走了。但这回贾真真将茶杯洗完后，林闯还坐在床上，毫无去意。

他在纸上的心思可以像孙悟空的七十二变一样，什么都能想到，凡事都能看出实质。但一旦回到现实中，他就变得像个笨蛋，不仅听不出别人的话中话，更加无法理解别人的举动有何含义。

这一点在贾真真放好茶杯时就发现了，或者说她在那间小诊所时就知道了，所以她十分怀疑校报上那些文章真是这个脑子不灵光的林闯写的吗？而且这个大笨蛋现在居然还能写书了，真是奇了怪了。

林闯在床上盘着腿，一点都不知道他刚才的英雄形象已经在贾真真眼里成了狗熊。贾真真看他还赖着不走，问道：

"对了，女生寝室是不是到了这个季节就会提前锁大门？"

"不知道，没留意过。不过说起鱼我觉得还是鲈鱼最好吃。"林闯吞了吞口水。

"如果提前锁门了，那有人岂不是出不去了？"贾真真加大了暗示的力度。

"你知道鲈鱼哪个部位最鲜美吗？"林闯还在说个不停，"鲈鱼鳃盖后那块月牙肉最好吃，以前的剪径贼人抓到小孩时，都用一条鲈鱼试验被抓的小孩家里有没有钱，要是直接去吃月牙肉的，就是大富人家的孩子，那就可以勒索高昂赎金，若是直接吃鱼腹的，便是穷人家的孩子，索性放了拉倒。"

"你们男生寝室查寝吗？"贾真真快没耐心了。

"不过我还是觉得鱼肠最好吃，可惜很多人都将鱼肠丢弃，唉，真是暴殄天物。"林闯道，"你刚说什么？我们男寝室也查寝，不过自从把查寝老师捉弄过几回后，就再也没老师敢来查寝了。"

"哦，不过我们女生寝室今天还没查寝呢！"贾真真面部肌肉在抽搐。

就在贾真真准备下逐客令时，突然手机响了。她从床上摸出手机，一看发现不是自己的，再看林闯，他还浑然不晓自己裤兜里的手机已经在震个不停了，经她再三提醒，后知后觉的林闯才知道自己的手机响了。

"哟，真是大忙人啊，大晚上哪个妹子找啊？"贾真真笑话他。

林闯一看来电号码，奇怪上了，大晚上母亲怎么会给他打电话，接起电话一听，脸色瞬间大变。

贾真真本想再取笑一番，但看到对方的脸色，及时闭上了嘴。

林闯挂掉电话后，一脸悲戚地跟贾真真道：

"我奶奶快不行了，我要赶紧回去，生日下次给你补上。"

然后不由贾真真反应，当即飞跑下楼。当他跌了几跤跑到楼下时，宿管阿姨刚好将大门上锁。林闯死劲摇晃着铁门，吓得宿管阿姨还没把禁止进入女生寝室的话说出口，就赶紧开锁让这个不知道是否因为失恋才如此伤心的男娃子出去。

准备去寝室跟贾真真道歉的那个查寝老师见状，以为林闯怒气冲冲前来找自己算账，赶紧溜了。

林闯一路狂奔到自己寝室，然后拿出手机查看当晚还有没有回家的火车，两小时后还剩最后一班末班车。林闯拿上包连夜出了校门。

当他回去看到奶奶最后一眼，并与守寡多年的母亲处理好奶奶的身后事时，大四学生已经毕业了。重返校园的他没能找到贾真真，听人说去了北方那座最大的城市。

等再次相见时，已是十年后。

他成了猫，她成了他的主人。

33

这家位于小区的幼教中心，有一个略显花哨的名字，叫彩虹亲子园。由于刚竣工不久，园内还有一些油漆味。当家长捏着鼻子进园咨询时，一个四十多岁的男园长告诉他们，彩虹亲子园所用的装修材料都是目前国际上最流行的环保油漆。

凡事一旦与国际扯上关系，便说明安全得到了保障，任何事只要与流行对上了眼，则说明假如出事也有许多人垫背。所以这些家长听完后，没到几天就纷纷将自己的小孩送进园里。

当他们送孩子进园时，由园长亲自带领的幼师队伍排成了两排，像五星级酒店门口的迎宾小姐那般，对家长们山呼"一切为了孩子，为了孩子的一切"的口号。

这些幼师都是刚招聘的，贾真真也在其中。

这种做法在服务行业是不成文的惯例，只不过在中介公司，理发店和火锅店更常见而已。在一家亲子园内引进这种做法，实属一种创新之举，所以当那些带着小孩的家长听到这些山呼的口号时，确实觉得这家亲子园颇具人文关怀，将孩子送到这里真是明智之举。

而且正是因为这家是民营机构，所以他们会比国营企业更加认真负责，收费也较便宜。这在快递市场上表现得尤为明显，众所周知，当快递业冲击了邮政市场后，邮局的工作人员态度都好了许多。因此他们有理由相信，将自己的孩子送到这里，就像一座受到最勤恳、最专业的园丁呵护的花园一样。

家长将孩子送到后，依依不舍地转身出门离开了，这些小孩才两三岁大，还没学会如何与父母告别，更加不懂他们接下来有大部分的时间都要在这里度过。这些家长为了上升期的事业，必须暂时离开处于成长期的孩子。

而且他们会在这里得到更加科学的培养和训练，也许这种培养会影响他们一生，以至于成为他们成才路上的转折点。倘若如此，他们以后的后代就再也不需要送到亲子园了，而是自己就有时间和金钱培养。可以说，这种行为正应了那句教育口号"十年树木，百年树人"。为了将来，现在吃再多苦都是应该的。

然而话虽如此，但他们心里还是有万般不舍，当孩子整天缠着自己时没觉得，一旦孩子离开了自己的怀抱，一种犹如切肤之痛的感觉便汹涌而来。只见这些家长眼眶泛红地一步三回头，有些甚至在园外的圆形玻璃旁驻足良久，看着里面意识到爸妈突然不见了而号啕大哭的孩子，心里真不是滋味。好在那些受过专业训练的幼师哄逗小孩，这才让这些做家长的稍稍放心。

家长们还要上班，不能在外面停留过久，他们有的狠下心去坐地铁，有的惴惴不安地驱车前往公司。不管是坐地铁的，还是开车的，这一刻都成了一根绳上的蚂蚱，心都被孩子所牵引着。

有些聪明的家长走之前要了园长的电话，因此在公司每隔半个小时就打电话给园长，他的孩子怎么样了，有没有哭闹，大小便拉了没有，小孩中午吃什么。园长刚开始都会细心地告诉他们，孩子很乖，不仅没有哭闹还跟其他的小伙伴打成一片，午饭是亲子园专门请营养大师配置的儿童营养套餐。

"比特供食物还干净卫生。"园长开了句玩笑话。

后来随着询问的家长越来越多，园长就在微信里建了一个家长群，群主由贾真真担任。贾真真接到这个任务后喜出望外，以为自己刚上班没多久就得到了领导的赏识，孰不知其他的幼师不仅学历没有她高，就是耐心也没有她多，既然学历比别人高，对小孩的耐心也比别人多，不让她负责处理这些家长千奇百怪的问题，那还能让谁处理。

当然，那时的贾真真不会知道这些，她以为自己在这些幼师队伍中，是唯一一个没有受过专业培训的。当她后来知道其他幼师都是一些初、高中都没毕业，也没取得幼师资格证的社会闲散人员时，她的心态就来了个一百八十度的大转弯，瞧这家亲子园哪都不顺眼，对同事更是爱理不理。

这家亲子园与时俱进，分为两个区域，一个是幼师办公区域，一个是小孩玩耍区域。当然对外宣称只有一个小孩玩耍区，幼师每天都围绕在这些小孩身边，不仅安抚他们的情绪，更是教他们玩一些对脑力开发大有好处的游戏，比如搭积木、快乐涂色，等等。

不过在每天早上当那些家长一走，这些幼师就会迅速进入办公区域，靠每台办公桌上的电脑与小孩互动，因为在小孩玩耍区安装了好几个摄像头，所以她们通过电脑就能及时知道小孩的一切。如此一来，不仅省时省力，还能有玩游戏、逛淘宝的时间。当监控器里的小孩哭闹时，幼师就会对着话筒发出警告。

这些小孩刚开始不知道声音从何而来，冷不丁地听到这些言辞激烈的声音，就有些吓破胆，从此再也不敢随地大小便，或去揪其他小女孩的辫子。他们伸着一颗好奇的大脑袋，眨着一双好奇的小眼睛，试图找到发出声音的地方。

他们爬上儿童滑梯，以为有人藏在里面，发现没有后，又去踢那些皮球，还是没有，当他们把跷跷板，秋千和果皮箱都找了一遍后，依旧没能找到。

于是他们把注意力放在涂有蓝色海洋的天花板上，想从这些虚拟的鲸鱼、鲨鱼、鱼、虾、蟹、鳖中找出说话者。不过因为这是一个虚假的海洋，所以这些长相凶恶的鲸鱼、鲨鱼都不会游动，更不会吃人，更不用说那些不堪一击的虾兵蟹将。就在他们望着天花板还在摇头晃脑时，声音又出现了，他们打了一个激灵，就像突然被人惊吓一般。

"老实点，老师在看着你们。"这个声音说道。

"老师，你在哪呢？"胆子比较大的小孩问道。

"别瞎问，好好睡觉。"这个声音回道。

就这样，这些调皮捣蛋的孩子老实了不少，还没到中午就早早爬上小童床，躺得笔直笔直的，一点都不敢动。没想到就这样还没让老师满意，在他们刚躺下后，老师又发出一股吵死人的笑声打扰他们睡觉。

这是幼师的失误。她们每天上班的乐趣除了玩游戏、逛淘宝和追剧，就属吓小孩玩了。那天将小孩凶到床上乖乖躺下后，看着这些在她们手下像木偶一样的小孩，在办公区域的那些幼师真是差点笑抽过去。

当她们意识到话筒还没关时，赶紧将话筒关上了，然后互相伸了伸舌头，接着又是一阵抱头大笑。当九年后其他亲子园相继爆出虐童事件时，这家彩虹亲子园不由地庆幸，好在她们用监控管理小孩，这才没让有关部门和相关家长查出她们虐童的证据，因为她们只是声音虐童了，而身体却没动这些小孩分毫。这都要归功于提前安装的摄像头，要知道在视频里，有时可是听不到幼师的警告声的。

贾真真把这一切都看在眼里，起初还会向园长报告这些幼师的恶劣行径。当发现那个男园长睁一只眼闭一只眼后，她又去警告那些幼师，让她们来上班不是为了吓小孩的，而是为了教小孩的。

这些幼师一听，笑死了，告诉这个不识相的大学生："城里人就是矫情，有钱没地花，小孩随便就能长大，至于如此大费周章吗？"

"小孩的成长很关键，仔细点不为过。"贾真真道。

"我们小时候满山跑不也长得好好的吗？"她们道。

"没这些孩子，你们吃什么？"贾真真道。

"所以我们在看他们啊。"她们道。

一番争吵下来，贾真真发现自己有点对牛弹琴，于是索性不再说话。她本来想辞职，但因为这家亲子园离自己住得比较近，就在她住的那个地下室的上面。所以，为了避免再次忍受挤地铁之苦，也为了省下一些交通费，她咬牙坚持了下来。

后来，随着时间的推移，贾真真也逐渐被同化了，尤其看到这些小孩哭闹、满地打滚时，更是会觉得其他幼师的做法非常对。当她发现那个男园长对自己有那么点意思时，她更是将这家亲子园当成自己家开的，每天早早就来园里，在那些送孩子过来的家长面前表演完口号秀后，赶紧将这些小孩推搡到里面，然后命令他们别动，还哄骗他们谁要是一天都没哭闹，就奖励一朵大大的小红花。

因为男园长的原因，她顺利从这个小区的地下室搬进了楼房。这真是一个高瞻远瞩的举动，因为几年后拆除地下室和违建建筑活动进行得热火朝天时，那些刚来这座城市的大学毕业生已经再也找不到如此廉价的住处了，而且本来住在里面的人也在大冬天被无情驱逐出城。所以，她对男园长的感情就多了一分感激，多了一分感动，更加多了一分崇拜。

这些年来，唯一让贾真真感到遗憾的是，她那只猫自从被阉割后，好像就没什么活力了，每天她下班回到家后，也不跳上自己的肩头，与自己耳鬓厮磨一番了。刚开始，她以为猫在地下室住不习惯，没想到搬到楼房后，猫还是每天打瞌睡，就睡在她房间那个衣柜上，毛发也一天比一天白，经常把那个推门进来的男园长吓一跳，尤其当他和贾真真做完爱，突然看到猫的绿眼在盯着光着身子的自己时，更是好几次强烈要求贾真真将这只猫送人。

贾真真没有同意。她并没有与这个园长建立情侣关系，发生关系也是糊里糊涂，好像还是在那晚他保证很快会给她找到新的住处时，借助着酒精，贾真真在那个狭窄的地下室将自己的第一次献给了他。

他确实对贾真真不错，这么多年来一直对她有求必应。看电影也挑最好的时间段，再也不用挑午夜场了。而且午夜场对她来说，已经变成了另外一种意思。除了那只猫，他们之间没什么矛盾。贾真真也很想把猫送人，但想起只有它这么多年始终陪在自己身边，就于心不忍。男园长感到很可笑，贾真真对那些小孩都能狠得下心，为什么对一只猫却母性大发，由此他知道或许对方想要一个孩子了。

"我们还没结婚，生孩子合适吗？"贾真真说出了自己的疑问。

"我们可以奉子成婚嘛。"男园长说。

"真的吗？"贾真真不信。

本来这件事很快会实行，没想到九年后的那个夏天，就在贾真真做好备孕计划时，她的爱猫突然死了。这让她顿觉天塌了，不仅生日宴会取消，还经常闭门不见任何人，连那个男园长也不例外。

男园长知道这只猫对贾真真意味着什么，于是偷偷在那个"死神墓地"为这只猫买了一座墓穴。当贾真真知道后，大为感动，但她却坚持自己一个人去将猫下葬，不要任何人作陪。

当贾真真在2017年夏天将猫下葬后，由于故地重游，哭得死去活来。擦干眼泪后，她开始了为期整个夏季的找猫之旅，但结果却令人失望，不仅没在流浪猫扎堆的城郊找到与爱猫同样毛色和体格的猫，在那些养猫网站上同样没有找到。她每日拿着猫的照片，怀念着关于它的一切。

此刻是2017年农历十月，新历十二月，距离其他亲子园爆出虐童事件整整过去了一个礼拜，距离她来到这座城市也已经过去了十年，距离她收留那只猫也过去了九年。在这三个时间段，网上都在关注虐童案的调查结果出炉，唯有贾真真在关心一只死了四个月的宠物，然后借由怀念猫想起了自己在这座城市打拼了十年之久的艰难岁月。

此时她再次拿起猫的这些照片，然后抚摸着自己渐渐隆起的肚子。她已经知道男园长已有家室，也知道他因为妻子无法生育所以才找到自己，更加知道他的妻子已经知道自己怀了她丈夫的孩子。不过她不在乎，因为毕竟现在吃喝不愁，每个月还能给家里打钱。更重要的是她这个小三是被正室认可的。

她明白丧猫之痛终将会被诞子之喜所冲淡，她允许在孩子出生前最后一次怀念这只猫。只要孩子一旦出生，对孩子的关心很快会让她忘了这只死前变白头的宠物。她也向男园长保证过，他害怕她过于伤心，从而影响了胎儿的发育。

当男园长得到她的保证后，对她更加体贴关心了，并且不让她再去上班，在家里安心养胎就是。直到这刻，男园长才真的拿出了安胎的独门秘诀，每天给贾真真放古典音乐，请安胎专家告诉她养胎的注意事项，更加不惜重金，聘请营养专家为她制定一日三餐。

贾真真的脸色愈发地红润，住地下室时枯黄的发质也变得油光发亮。而且在专业健身教练的帮助下，她的小肚子也消失了，现在之所以还有点鼓，是因为肚中胎儿日益长大所致。她知道，只要将小孩生下来，她的小腹一定会恢复到少女时期的平坦和光滑。

贾真真想着这些，将猫所有的照片都收进了纸箱中，准备让别人过来处理。就在这时，门外响起了敲门声。她感到很奇怪，他进来怎么不按门铃，而是直接敲门，一定又带了很多礼物，腾不出手按门铃，这才用腿踢门。

想到这，她高兴地飞奔到门前，没想到将门打开后，却让她大吃一惊。她那只死了多月的猫回来了。

34

林闯那晚回去后，还没到家门口，便听到那些久不登门的叔叔伯伯的争吵声。家门未关，巷口的狗隔着老远就冲林闯狂吠，林闯看到家门，旋即加快了脚步，来到门口时，发现那个门环已经生了锈，他轻推进门。

院子里已经架上了灯，变得灯火通明。母亲坐在一个红色塑料椅上，眼眶通红，已没了眼泪。那些叔叔伯伯一直在为奶奶的遗产争吵不休，几个邻居在劝架，看到林闯，吃了一惊，跟着快步迎上来，嘴里说着："你回来就好办了。"

有一个邻居走到母亲身旁，告诉她阿闯回来了。母亲抬起头，看到儿子，既惊且喜，眼泪又止不住大颗大颗地往下掉。林闯跑到母亲身边，母亲尽量克制住悲伤，告诉儿子，奶奶白天就走了，走之前还一直念起你。林闯一听，悲从中来，推开那些在奶奶房间门口争吵不休的亲戚，进到奶奶床前，在当晚月光的照耀下，奶奶就跟平时睡着了一样。母亲已经提前给她换上了寿衣，眼睛上放了两枚硬币。

林闯握了握奶奶的手，冰凉，然后将手放进被窝里，再掖好被角，走出门来，发现那些叔叔伯伯还在硬着脖子，喷着唾沫争夺奶奶的遗产所有权，颇有停尸不顾，束甲相攻的讽刺意味。林闯就站在门边，冷眼瞧着他们吵，他们也没意识到他回来了，还在为奶奶的养老金，屋里的几件老物件吵得脸红脖子粗。

直到林闯重重将门一摔后，他们才看到林闯，然后声音就变小了很多，最后没打招呼就各自讪讪而回。因为他们发现林闯已经长大了，再也不能任意欺负这对孤儿寡母了。

林闯来到母亲身边，拉上另一张红色塑料椅坐好，母亲看到那些亲戚走了，又哭上了，伤心地跟儿子说，"葬礼没有他们可怎么办？"林闯笑了，站了起来，影子盖住了母亲的身子，母亲不解其意，还以为儿子饿了，没想到林闯却道，"妈，我早就长大了，放心，一切有我。"

这话不说还好，一说又惹出了母亲刚刹住的眼泪。不过此时的眼泪已不仅仅全是伤心泪了，更多的还是对儿子长大懂事的欣喜之泪。母亲告诉林闯，奶奶死之前好像能意识到死亡。

白天，奶奶穿戴一新，准备去办理户籍证明的市公安局领取养老金，还说要给孙子寄点生活费。走到半道时，摸了摸兜，发现身份证未带，她的身份证办过好几张，最老的一张还是新中国成立的，新中国成立后补办的就有数十张，她就这样看着每一张身份证上的自己慢慢变老，直到最后这张照片上的自己变得满头银发，皱纹密布。按奶奶的话说，她要不是去看身份证上的出生日期，都不知道自己活了这么大的岁数。

为了以防万一，她还是觉得应该回去拿身份证，虽然她一副老态龙钟的样子就能证明自己有资格领取养老金，然而谁能保证政府的人不会故意说她年龄不够。于是她又颤颤悠悠地回去了，在回去的路上，她见到的全都是一些小孩和年轻人，跟她一样老的都不在了，比她小几岁的不是在医院躺着等死，就是被送进了养老院。总之，她是这片唯一一个年纪这么大还能迈动腿的老人，亏得没有给国家增加负担。

这些小孩见到这个老奶奶后，都想去扶她。但都被她拒绝了，只见她露出一口缺牙的笑容，脸上的鼻子藏在了笑起的皱纹里，告诉这些好孩子，"不要扶，老太婆的身体好着呢，这要是往前倒几年，我还能做仰卧起坐呢"。这些小孩一听，嘻嘻闹闹地走开了，其中一个转过身看到这个老奶奶像不倒翁似的，左右摇摆着，但就是没倒下。

这个不倒翁回到家后，有些大喘气，就扶在门上歇了会儿。家养的一只黑猫在奶奶裤腿上嗅个不停，奶奶笑着说，"臭猫，这件新衣服味道好闻吧。"猫没有言语，还是嗅个不停，后来林闯的母亲才知道，原来猫能嗅到死神的到来。奶奶见猫有些过分，就一脚将猫踢到一旁，然后进房间拿身份证。在枕头下面居然没找到，在那个柜子里也没找到，柜子里有几件奶奶陪嫁的手镯、耳环、金项链什么的，奶奶一直将这些视为留给孙子的遗产，并一直把身份证跟它们放在一块。没想到那天珠宝还在，身份证却死活找不见了。

奶奶将房间翻了个遍，甚至在床底下都找出了那根失踪多年的拐杖，可身份证就是怎么也找不到。找到后来，奶奶累了，就不再找了，坐在床上使劲喘气，一边喘气，一边觉出了不对劲，最后一拍脑门，懊恼地说了一声："不会吧，我的孙子还没毕业呢。"

这句话大有深意，意思是奶奶一定要活到孙子毕业那天，如果再争气点，能活到孙子娶妻生子最好不过，不过这一点她不敢奢求，只求能活到孙子毕业那天就行。没想到，没想到只差几天，黑白无常就来索她了。

"为什么这么说？"林闯感到很奇怪。

"听我说下去。"母亲道。

奶奶一直深信，不管老少，或是男女，只要找不到身份证即可说明时日无多，当然，对那些能及时回户籍地补办身份证的除外。当时的奶奶显然没有精力再去补办身份证了，她的精力都用在了找身份证上。当她在房间没找到身份证后，就知道这张能证明她在世上活了多久的证件，已经先她之前被阎王收走了，看来是时候去黄泉路了。

于是奶奶在那天给自己做了一顿好吃的，这在林闯记忆中可是从未有过的，每当有什么好吃的，奶奶不是先紧着林闯，就是紧着母亲，从来就没想过自己。然而那天，知道自己死期将至的奶奶终于知道紧着自己了。

只见她心满意足地将这顿好吃的全部吃完，然后摸了摸肚皮，说了一句让林闯后来想起都会惭愧万分的话："原来吃饱的感觉就像干活一样累。"说完这话后，奶奶一边打嗝，一边将碗筷洗干净。那只猫又来嗅她的裤脚，奶奶没去多管，并不紧不慢地说道："别跟催命鬼似的，等我洗完再说。"

说完话，意识到这就是催命鬼，就难为情地笑了。洗完后，她把母亲叫到房间，将那个柜子郑重地交给她，告诉她以后孙儿结婚用得上，然后就说了一句："我要走了，你们要多保重啊。"

"去领养老金吗？"母亲问，"你就别折腾了，我去给你取。"

奶奶没理她，然后叫母亲出去，躺在床上等着呼吸渐渐消失，光明逐渐退去，最后，她终于获得了永久的安详。

当母亲傍晚去叫奶奶吃饭时，敲了很久的门都没有回应，她以为奶奶去领养老金还未归，就没多管，自己一个人先吃了，然后把奶奶的那份拿到锅里热着。约莫九点的时候，母亲有些急了，出门去找，没能找到，回来时看到猫在奶奶的房间发出凄厉的叫声，情知大事不好，赶紧冲进去，看到奶奶已经上床了，刚要把悬着的心放下，就感觉不对劲，奶奶睡觉没有盖被，也没有脱鞋，还穿着一身新衣，再看那身新衣，已不是早上的那身了，而是换成了寿衣。

母亲赶紧扑过去，发现奶奶早没了温度，这才知道奶奶那句"我要走了，你们多保重"原来是这个意思。

母亲瞬间泪如雨下，抬首赫然发现奶奶的身份证就在床头放着。

林闯听完奶奶临终前的这二三事，刚开始没什么特别的感觉，就像每年去大学读书那样，迟早都还会再见到奶奶。等他与母亲两人抱着装有奶奶的骨灰盒走出火葬场，看到一只蝴蝶萦绕在骨灰盒四周时，林闯才意识到他真的永远失去了祖母。于是他蹲在地上泣不成声。

处理完奶奶的后事，林闯赶回了学校。导师告诉他可以让他重新申请一次毕业答辩，可是被林闯拒绝了。林闯自从奶奶过身，性情大变，不再为了一些虚幻的东西而盲目追求，他想起了自己那个被自己压制许久的作家梦。他要用自己的笔让奶奶复活，再让奶奶在世上走一回。然而，就像不是所有人都有歌唱能力，作家也不是谁都能当的。他好几次想写出奶奶的一生，但始终不知道如何下笔，每当写完开头后，他就对纸上的这个奶奶感到很陌生，也感觉不真实，从那以后，他搁笔了，几年来足迹遍布大江南北，到每一个地方的养老院观察老人在生前最后几天的光景，以弥补他没能见到奶奶最后一面的遗憾。

他一边做社工，一边观察这些老人，并记下了数十万字的文字材料，这些文字涵盖着一些老人的籍贯，出生年月，爱好以及所从事的职业。与他在学校里专门采访一些底层人物一样，他的这些文字材料里的老人生前也是名不见经传的。

他认为这些老人除了用照片让亲人记住，他写的文字更能还原他们的一切。不过相比于照片，老人的亲人对他的记录并无兴趣，因为照片能一目了然，而文字还需要绞尽脑汁。

也是通过这些老人之口，林闯知道了这些老无所依的老人厌倦了睡眠，即便在睡眠中也试图用做梦的方式争取多一点清醒的时间。他们以为这样一来，生命就能延长，就能晚一点走上黄泉路。当他十年后来到贾真真所在的那座北方之城，发现这一点在那家候鸟养老院的老人身上，更是体现得淋漓尽致。

他来这座城市是为了给十年前的自己一个交代，或者说仅是为了履约给彼此补过那个迟了十年之久的生日。他在候鸟养老院一边帮忙，一边打听贾真真的下落。没有人见过她，见过她的人都不在了，何况贾真真并不是什么名人，被人所遗忘也在情理之中。于是林闯就没再找，他相信如果真有缘，再见面不难。

机会来得很快，在2017年的夏天，他真的在候鸟养老院见到了贾真真，见到了已经变漂亮不少的贾真真。贾真真那天前来下葬她那只爱猫，当她经过松鹤楼门前时，并没意识到已经十年不见，并印象模糊的林闯就站在松鹤楼的二楼望着她。

刚好与十年前掉了个个儿，十年前是贾真真站在五楼的寝室窗前望着楼下的林闯，十年后是林闯站在高处看着地上的贾真真。这真是冥冥之中的安排。林闯看到贾真真手里抱着的那个骨灰盒，以为她的什么人死了，于是就放弃了即将脱口而出的打招呼举动。当贾真真夜里离开那座"死神墓地"四个月后，林闯在自己生日那晚摸黑来到这座墓地，并在月光的照耀下发现原来这里下葬的是一只猫，还有一只蝴蝶停在墓碑上，墓碑上的猫照片让林闯在这个夜晚感到分外胆寒。

这时，林闯想起了十年前自己写的那本找了许多家出版社都无法出版的《衔蝉物语》，里面写了一种夺舍之法，这是林闯当初没向贾真真解释，而贾真真也没问他的一种神秘法术。

所谓夺舍，按道家的说法是：一种借别人身体还阳的理论。说有灵魂不死或死后神识非断，肉体不过是精神躯壳、住宅的活证，稀奇莫过于所谓"借尸还魂"一事。借尸还魂的事态表现，是某人死后复活，人格、记忆完全转换为另一已亡故的人。

当初林闯并不相信这种理论，之所以写在小说里，也是为了增加小说的神秘性，而且这就是一种小说家语言，当不得真的。不过这天夜里，林闯却有种强烈的感觉，认为这也许真的可行。而且随着这四个月的秘密调查，他发现贾真真已不是从前的她了，已经成了她当初最为痛恨的那种不劳而获的二奶。因此在这个秋冬时节略显萧瑟的夜里，林闯看着这张猫的照片，就想利用这种夺舍之法，重新与贾真真见面。变成猫或许会比他自己亲自去问更加合适，也不会让贾真真为难。

当然，更为重要的一点，是林闯调查发现包养贾真真的这个男人，不仅是那家彩虹亲子园的院长，更是这家候鸟养老院的负责人。每当他进入养老院后，最为反感的便是墙上张贴的那副巨型画像，那是一种表演出来的伪善。贾真真一定是被他骗了。

虽然，"夺舍"一法要怀有大爱、慈悲和怜悯心的人才能成功，不过林闯还是决定一试，而且他认为自己符合这些条件，要看一个人有没有大爱，并不一定要看对方是否做了修桥铺路等诸如此类的善事，或许让每个老人临终前走得安详是一种更大的善举。主意打定，林闯便准备按照自己书里写的那样，对着猫的照片念口诀，因为猫的尸身已经腐烂了，所以只能用照片替代。

于是他从墓碑上揭下猫的照片，回到候鸟养老院里自己住的那间狭窄阁楼，阁楼里放满了书和稿纸。然后洗脸、净手、漱口，最后将那个口诀对着猫照片念了出来："唵钵啰末邻陀宁娑婆诃。"意为借助夺舍让某人悬崖勒马。

三遍咒语甫一念完，只听见养老院大堂里的时钟传来午夜十二点的钟声，而后林闯就感到自己变轻了，他来到镜前，发现自己真的成功了，真的变成了贾真真那只黑猫。他很激动，拿上事先准备好的自己的照片，因为他做完那件事后还要变回来，所以他的照片就显得格外重要，否则他就只能永远成为一只猫。好在这只猫死前穿了衣服，这才让他的照片有地可放。

将照片放好后，已经变成黑猫的林闯在阁楼里发出了一声猫叫，然后从阁楼上一跃而下，径直往贾真真的家奔去。来到那个小区时，他在夜色里看到彩虹亲子园张贴的那个男人的画像，气坏了，用爪子将照片一把撕下，然后再踩了几脚。

在奔跑的过程中，这只黑猫的记忆都在林闯体内复苏了，这时，林闯才发现，贾真真并不像表面上那么爱这只猫，尤其在猫受腐刑的那刻，贾真真表现出的神情更是让林闯俨然看到了一个刽子手的形象。

因此，林闯就有些拿不准贾真真是否能听这只猫的话了。不过都走到了这步，已经没有回头路了。于是，林闯敲响了贾真真的家门。

当贾真真看到这只猫回来后，脸上的惊喜转瞬即逝，然后不由林闯说话，就将他关在了那个装有猫照片的纸盒箱中，好像生怕别人发现一样。过了一会儿，当敲门声再次响起，走进那个已经大腹便便的园长时，林闯才会明白贾真真为什么要藏起他。

"怀着孕呢。"贾真真推开了对方的手。

"没事，医生说只要注意点，怀孕期也可以干那事。"男园长道。

林闯透过那个纸盒箱中的孔，看到那个男人已将自己的衣服扒光，三下五除二不由分说就要进入她的体内。贾真真见反抗没用，索性就想从了对方。这让林闯更加怒不可遏，想起了十年前准备强奸贾真真的那个查寝老师。只见一声衔怒的猫叫过后，林闯从纸盒箱中跳了出来，说时迟那时快，那个男人的阳具旋即被猫整根咬下。

男人疼痛难忍，脸上汗如雨下。贾真真吓坏了，用脚重重将猫踢到一旁，然后打开二十楼的窗户，将猫丢了下去。最后才想起去拿手机拨打120。

第十二章

35

    林闯之前对地府有过无数种想象，但都没想过地府竟是另一种人间。当他从二十楼摔下去后，还来不及思考发生了什么，就摔在地上气绝身亡，那张林闯的照片后来也被路过围观的人当成这只死猫的主人。

    林闯死后，或者说那只猫死后，突然发现自己全身变得雪白。林闯曾经在一本书上看过关于雪猫的传说，话说雪猫生活在雪山之巅，由于涎水可治一些绝症，有个新婚妻子为了救病入膏肓的丈夫，不惜独自踏上了寻找雪猫的漫漫征程。

    她饮用玉米发酵的酒，咀嚼可可叶，以此对抗疲惫和疼痛，经过数年终于抵达寒冷且空气稀薄的山顶，然而雪猫却遍寻无着，直到自己被冰雪冻僵。数百年后几个登山爱好者发现了这具保存完好的古尸，经考古学家分析推测，这名女子是死于一场宗教仪式中，是当地人用来献祭上天的人体活俑。

现在林闯死后就变成了传说中的雪猫，然而他却发现自己的口水非但不能治病，还有极强的毒性，将这条黄泉路上的娃娃花和细腰树都给毒死了。黄泉路上长满了这些酷似人体器官的花草树木，不仅有娃娃花、细腰树，耳朵果和红唇菜更是遍地都是。在阵阵阴风中，它们就像一群支离破碎的人类在树梢和草丛间向林闯索命。

林闯吓坏了，赶紧往白雾茫茫的前方跑去，在一个十字路口，他犹豫了，不知道该往何处去。他原以为等待他的会是一座奈何桥，就像在书上看到的那般，喝下孟婆汤后，重新投胎做人，对前世的一切记忆都随着地府的阴风飘散在三界之外。此刻那些器官植物又在发出邪魅的笑声，让他身上的鸡皮疙瘩像鼓起的青春痘般，一粒一粒地冒出来，直至遍布全身。

他擦了擦双眼，才发现这个十字路口左右两边各树了一座高耸的碑石，一边上书"西方炼狱"四个英文字体，另一边刻着"东方冥界"四个汉字。正当他不明就里之时，从雾茫茫的半空中幽幽地飘出一句话："你想做猫还是做人？"

林闯一听，终于意识到此刻的他是半猫半人，这种形象不要说在阳间没有容身之地，就是在地府也没有自己的位置，所以他急需搞清楚自己到底是人的成分比较多，还是猫的成分比较多，只有如此他才能选择一条适合自己的路。

直到此刻，他对于人的记忆才逐渐在脑海复活，至于猫的记忆则差不多都淡忘了，因此他只能按照隐身指路人的指示，走上了东方冥界之路。因为若是选择西方炼狱的话，那他的身份就是一只猫，而这只猫刚好是一只舶来品，也就是西洋猫。

在通往东方冥界的路上，林闯看到了末日的景象，在冥界中随处可见的扭曲时钟里，林闯发现上面的时间刻度距离阳间那个西方科学家霍金嘴中所宣称的世界末日很近：2117年。

林闯吓坏了，当他看到路上有许多捆绑着沉重玄铁链的骷髅头缓慢走过时，更是惊得寸步难行。只见这些骷髅头每个面前都有一个AR显示器，显示器里都是这些骷髅头生前的脸庞，胖瘦美丑都有，好像用他们生前的样子鞭策此刻变成枯骨的他们，又好像让他们时刻面对着生前美好的这一切，才能让阴间的罪罚变得更加深重一样。

不过这对林闯来说，威慑力显然不够大，因为既然世界末日已经确定在一百年后，就算现在重新投胎做人，也没多大意义，反而还会让第二代、第三代饱经末日到来前的折磨，这种折磨可比此刻那些骷髅头所受的折磨严重多了。

那些骷髅头生前的脸型有瓜子脸，有鹅蛋脸，发型也是打理得恰到好处，不过都在变成枯骨后化成了灰，变成了烟，随风飘散。可能他们在怀念生前的一切，因此让沉重的步履更加

缓慢，又或许他们生前享受过多大的福，死后就要遭遇多大的
罪，而这些罪除了以闪回的形式让他们痛不欲生，更加以铁链
的形式缚在他们身上。

这种既有精神上的痛苦，又有肉体上的疼痛，才是惩罚的
最高要义。

林闯不忍去看，好在此刻他面前没有那种显示器，否则他
肯定无法看完哪怕一分钟，更不用说看完涵盖一生的幸福片段
了。于是他继续往前走，走了几步，又听到耳旁传来歌声，
"……饥饿甚，实在难，头重足轻跌倒，便为人所餐。别人
餐犹可，父子相餐甚不堪……或死后，或死前，可怜身体不
周全。"

林闯仔细听，发现这首歌是《荒岁歌》，他在生前做社工
之时，曾经在西安的博物馆里看到过"荒岁歌碑"，上面记录
了清光绪三年特大旱灾的惨情。再联想到刚才遇见的各种器官
植物，林闯好像明白了歌里唱的"可怜身体不周全"的意思，
原来是因为生前被人分食一空，所以死后以残肢的形式长在树
上，立在草间。

这一段路实在太过漫长，他不知道什么时候才能走到尽
头，又或者说他无法确定这条路是否有尽头。这条路根本不是
路，而是一幅世间惨状图，即便真是世界末日，也不外如是。
他迫切想逃，在生前他对世间的一点不公都会激愤良久，姑且
不说养老院里的虐老现象，就是亲子园中的虐童事件就让他恨

得牙床直哆嗦，然而就像他在世间对这些不公无可奈何一样，在阴间他对这些惨状照样无可奈何。

于是他在那些植物器官上摘下两片瞳孔之叶，贴在自己眼上，然后又从那些植物身上掰下两根手指枯枝，插进自己的耳中，好似这样一来，他就能一叶障目，掩耳盗铃。

这个法子确实可行，那些使林闯心神不宁的乱象终于不再纠缠他了。林闯不仅感到很开心，而且令他没想到的是，即便眼上有叶片遮蔽，他还是能看到那条冥界之路。在此时的林闯面前，出现的是与刚才的末日情景相异的天堂景象。只见他的祖母躺在一张巨大的荷叶上，四周都是光洁的余晖，照在祖母那张慈祥的脸上，就像一个初生婴孩那样安详、宁静。

而且荷叶上点点滴滴的露珠顷刻间掉在林闯的身上，让他周身的疲乏一扫而光。他伸出手掌，让露珠滴在自己的掌心，既清凉，又温暖，就像世间所有的幸福都能通过这粒露珠折射在林闯的面前似的。他还听到祖母在呼唤他，就像他小时候祖母叫他的乳名一样，更像他长大后祖母依旧宠溺的口吻。

他本在纸上无法复活的祖母，就这样通过阴间的幻象让她复活了，而且此刻的祖母好像比生前最后见她时更为年轻了，就像他在那些养老院看到那些回光返照的老人那样，那是一种体内留存的最后一股精气神，平时都被珍藏在内心深处，唯有死前这股精气神才能迸发出来，让死者有最后的时间处理好自己的未竟之事。

林闯不知道此刻出现在他面前的祖母是不是虚幻的，就像他不知道自己现在走在冥界的路上是不是在做梦。这让他想起了阳间的那些嗜梦者，借助夜晚做梦试图将清醒的时间延长一点的可怜之人，他以为自己也变成了这种可怜人，明知大限将至，却用做梦延长自己的生命。这种行为像极了那些死前不够六十岁，却将在子宫中的十个月也当成一年的数学蹩脚者。

林闯径直走近祖母，想伸手握握她那双长满老茧的双手，然而却扑空了，眼前什么都没有。他像失去最珍贵的玩具的小孩那样，试图将祖母找回来，还是没有，眼前突然出现了一个巨大的洞府，牌楼上写着"阎罗殿"三个字。

洞府门前两座威武的石狮子旁，分别站着两列威严的队伍，左边队伍中的每个人手上都握着一种不同的兵器，刀枪剑戟样样不缺，右边队伍中人手一把手枪，左轮手枪、自动手枪、转轮枪，每种型号的手枪均有。当冷兵器遇上了热兵器，就像死人见到了活人，除了让林闯哑然失笑，不会再让他生出别的感觉。

他没想到冥界具有如此怪异的现象，不过当他想起世间有时更为荒诞可笑时，他顿时理解了冥界的怪异行为比起阳间来，简直是小巫见大巫。他知道在自己出生的国度，就有许多这种不古不今的神奇现象，在某些繁华的都市未来一目了然，但在某些落后地区，旧社会的现象却挥之不去。当富裕遇上了贫穷，就如一个大字不识的文盲突然间一夜暴富，那种别扭非语言所能描述。

现在他置身于同样别扭的地府门口，不知道里面还会有什么让他大吃一惊的现象出现。他见队伍中没人将他拦下，壮胆走了进去。

只见地府像在书上看到的衙门那样，左右两边站着捕快，一个拥有两撇小胡子的师爷坐在一边用舌头蘸毛笔记录，阎王豹眼狮鼻，络腮长须，头戴方冠，右手持笏于胸前坐于公堂之上。林闯见到阎王这副滑稽样，一些关于阎王的俗语顿时从脑中生出，像什么阎王不在家，小鬼由他闹；阎王好见，小鬼难缠什么的。

"你敢笑话我？"阎王好像能看出林闯的心思。

"岂敢。"林闯道。

阎王没跟这个人计较，他用判官笔在林闯面前鬼画符一圈，发现此人身份不明，既像人又像猫，而且以他死前的心愿，好像更想成为一只猫。于是令其游东方地府，游遍即送归西方地府。

看到林闯眼上还贴有两片叶，耳中还插有两根枯枝，阎王便令小鬼将叶子摘下，把枯枝拔出。林闯揉了揉眼睛，发现阎王并不像想象中那么吓人，反而还有些可爱，而且耳中枯枝一旦拔出，林闯的左耳立即听到了舞剑的声音，右耳听到的却是子弹上膛的声音。两种冷热兵器的声音就这样交替出现在他脑中，让他的大脑一片翻江倒海，不知何时才能趋于平静。

"报告阎王，我是人，不想做猫。"林闯道。

"不想做人为何变猫？"阎王怒道。

林闯不知道该怎么回答，便没响。倒是那个师爷替他回答了这个问题。师爷告诉阎王，此人姓林名闯，因为心爱之人成了他人小蜜，便想通过变猫的形式挽回对方的心，没想到却惨遭对方毒手。

"原来又是一个痴情男儿，"阎王的口气缓和了许多。"那么还是让你投胎做人吧。"

"阎王殿下，我要是重新做人，是不是还要从小孩开始长？"林闯问道。

"不然呢？"阎王有些生气。

"我想一次性回到三十岁那年，"林闯道，"我不想再从小开始长。"

阎王摸了摸胡须，表示有点为难，这在地府可从来没有过，师爷也表示，自地府建造以来，确实没有过这种先例。为了确保自己没有记错，阎王让小鬼在殿前拉上一张巨大的电子荧幕，然后在里面找从古到今的所有案例，确实发现没有。

林闯看着电子荧幕上的那些熟悉的古人同一些不熟悉的今人，呆住了，就像在看一个外星人那样。他没想到阴间已经用AR技术代替了生死簿。更让他感到无法置信的是，画面中很快出现了十八层地狱，而那些被罚在每一层地狱中的都不是真正的人，而是像人工智能一样的机器。

"大开眼界了吧，这是我们这里的鬼工智能。"阎王很自豪。

"你们人类的人工智能还是我们地府发明的呢。"师爷更加自豪。

这些鬼工智能都是一些找不到肉身的亡灵所变，因为生前作恶多端，所以要饱受十八层地狱之苦，只见每一层地狱都代表了一种情感，第一层是喜，最后一层是悲。这些鬼工智能就这样依次经受每一层地狱剥夺每一种情感之苦，直到来到最后一层时，就彻底变成了一个机器，一个毫无情感的机器。当变成真正的机器后，这些人生前的记忆就会被尽数除去，然后才能赤条条地投胎成为一个全新的婴孩。

"这不就是孟婆汤吗？"林闯问。

"孟婆汤已经落伍了，所以我们地府改用了这种最新的技术。"阎王道。

"其实是因为孟婆突然申请辞职，所以我们才不得不用这种技术代替。"师爷多了一句嘴。阎王瞪了师爷一眼，师爷马上吓得失声禁言。

阎王的意思是，如果林闯还想继续做人，也要受十八层地狱之苦，然后才能重新投胎，如果想免受丧失记忆之痛，只有一个办法，去隔壁的西方炼狱。据说在那里只要向鬼神父祷告忏悔一番，就可以脱胎换骨，确实比东方地狱先进，也更具"人文关怀"。

"不过你要想清楚,去那里只能永世成为一只猫。"阎王提醒道。

"这里真的没有别的法子了?"林闯问道。

"没,在这里就得按照阎王我的规矩。"阎王道。

"也不能投胎后一次性长到三十岁?"林闯还不死心。

"一派胡言,这岂不让地府乱了套。"阎王生起气来胡子翘上了天。

林闯还在犹豫,他一直将生前的记忆视为最宝贵的财富,如果现在重新做人就要失去这笔财富,那么就不是林闯自己了,可能会成为一个和前世毫不相干的人,谁知道阎王会让他投生在什么样的家庭,万一在一个暴发户家中出生,那对于从未放弃作家梦的林闯来说,不啻为晴天霹雳。然而如果还想成为猫,记忆可能不会丧失,但或许正是不会清除记忆,他变成猫后就会同时拥有猫的记忆和林闯的记忆,那么对他来说,也是一种无法想象的痛苦,要知道一只猫拥有猫的记忆就很痛苦了,要是还同时具有人的记忆,那么可以想象,这只猫一定会很快由于精神错乱而变成一只病猫。

是想做一个全新的人,还是做一个拥有记忆的猫?这是林闯当下遇到的难题。这个难题一天得不到解决,林闯就要在地府多待一天。

"我劝你赶紧考虑,不然下次投胎就要一个月后了。"阎王提醒道。

"为什么？"林闯很惊讶。

阎王告诉他因为阳间2018年的除夕就快到来了，难不成只许人间庆祝，还不许他们阴间庆祝一番啊，要知道地府只有在每年的除夕才能收到从阳间烧来的纸钱和其他的纸物件，譬如纸房子、纸豪车等。

"不对啊，刚才你不是说人工智能还是你们地府发明的吗？"

"这，这……"阎王一时瞠目结舌。

"我看是你们将阳间烧给你们的人工智能改头换面变成自己发明的吧。"林闯一语道破天机，"这些AR荧幕什么的我看也是阳间烧给你们的。"

"那又怎么样？"阎王怒道，"你们活人在这方面不是更擅长吗？你自己说说，有多少东西是你们原创的，还不是到处模仿抄袭得来的。"

"这，这……"这次换成林闯说不出话来了。

阎王见自己暂时胜了一筹，胡子又翘上了天，而且还把自己的眼睛摘下来放在翘起的胡子上，好让他此刻的胜利显得更加名副其实一样。林闯看着在胡子上快速转动的眼珠，真不太想再搭理这个幼稚的阎王。

"好了，好了，我说不过你，我选择做人可以了吧。"林闯不想再跟他废话。

"这还差不多。"阎王满意地说道，"来人，不对，来鬼。"

只见两个小鬼架着林闯，将他投入了电子荧幕中，让他穿过这十八层地狱后，由电脑安排他要投胎到哪个家庭。林闯在十八层地狱中逐渐丧失了记忆，也失去了那些喜怒哀乐。当他再次睁开眼睛时，居然是在一家医院。

只见医院的大夫抱着他在拍他的小屁股，试图让他哭出声来。林闯看着这个大夫的胡子，不知为什么，对他一阵厌恶，遂抿着嘴死活不哭。

"怎么不哭？"大夫有些着急。"难道是因为早产儿的原因？"

36

2018年除夕这天，彩虹亲子园早早就闭了园，那个男园长由于贾真真今天生育，感到很开心，逢人就发喜糖。然后驱车前往医院，看望刚生下一个白胖小子的贾真真。

他那根阳具虽然接上了，但功能只能用来排尿，无法再作他用，不过他也不在乎了，因为儿子都有了，那根话儿也就完成了自己神圣的使命。

他买了许多补品去医院。来到医院的产房外头，看到医生在拍打自己儿子的小屁股。他帮不上忙，只能在外面干着急。

只见一声响亮的哭声，儿子哭出来了。他欣喜地冲进产房，抱起儿子亲了又亲，准备仔细检查一遍儿子是否全须全尾时，突然发现儿子的眼睛像极了咬断他那根命根子的猫。他吓坏了，赶紧撒手将儿子丢到了床上。这让贾真真气坏了，然而当她看到儿子的眼睛时，也吓坏了。

2017年12月3日于北京朝阳